EL BARCO 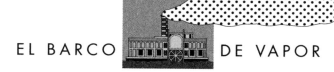 DE VAPOR

Cortavientos

Carlos Villanes Cairo

Dirección editorial: Elsa Aguiar
Coordinación editorial: Gabriel Brandariz
Diseño de la colección: Estudio SM
Cubierta e ilustraciones: Raúl R. Allen

© Carlos Villanes Cairo, 2006
© Ediciones SM, 2006
   Impresores, 15
   Urbanización Prado del Espino
   28660 Boadilla del Monte (Madrid)
   www.grupo-sm.com

CENTRO INTEGRAL DE ATENCIÓN AL CLIENTE
Tel.: 902 12 13 23
Fax: 902 24 12 22
e-mail: clientes@grupo-sm.com

ISBN: 84-675-0857-4
Depósito legal: M-12815-2006
Impreso en España / *Printed in Spain*
Gohegraf Industrias Gráficas, SL - 28977 Casarrubuelos (Madrid)

Queda prohibida, salvo excepción prevista en la Ley, cualquier forma de reproducción, distribución, comunicación pública y transformación de esta obra sin contar con la autorización de los titulares de su propiedad intelectual. La infracción de los derechos de difusión de la obra puede ser constitutiva de delito contra la propiedad intelectual (arts. 270 y ss. del Código Penal). El Centro Español de Derechos Reprográficos vela por el respeto de los citados derechos.

*A Jimena Abella Villanes,
con todo mi cariño.*

1 De Rayo a Cortavientos

Nadie supo qué bicho le picó. Se alzó sobre sus patas traseras y mientras desafiaba a la mañana con un relincho, el viento le agitó la cabellera brillante de sus crines, y comenzó a galopar como un loco.

Cuando corría así, parecía que flotaba. Sus cascos apenas tocaban el suelo y, en el pecho, Rafael sentía el galope de su corazón como un tambor.

La madre del potro gritaba desesperadamente para que se detuviera, pero él no le hacía caso y se deslizaba, revoltoso y majareta.

Llegó hasta la valla que separa el corral de las aves del campo abierto. Volvió la cabeza y vio que todos se habían detenido para mirarlo.

Antes de saltar se detuvo un instante para tomar impulso, y se elevó. Les pareció que volaba por los aires, sobrepasando limpiamente el obstáculo.

Al verlo, las gallinas gritaron asustadas, los gallos alarmados protestaron y muchos huevos recién puestos volaron por los aires.

El padre de Rafael cogió una rama gruesa.

–A este le quiebro el espinazo para enseñarle a no ser travieso –dijo muy molesto, y corrió hacia el corral.

Pero el chico estaba más cerca y llegó primero.

Vaya desastre. Todo estaba patas arriba, y al griterío de gallos y gallinas se habían unido los patos y los pavos que engordaban para Navidad.

—¡Ya basta, Cortavientos! —le increpó, y el potro dejó de cocear a un lado y otro, se detuvo y fue hacia él. En ese momento su padre entraba por la puerta blandiendo la gruesa rama pelada.

Rafael corrió a la ventana, la abrió y le gritó a su amigo:

—¡Fuera, escápate, corre!

Cortavientos miró al padre del chico y entendió perfectamente. Dio una breve carrera y saltó por la ventana alejándose campo a través.

El hombre se le acercó muy enfadado y Rafael cerró los ojos dispuesto a recibir el castigo. Sintió que la rama se estrellaba contra el suelo y los abrió.

—Si lo consientes, nunca aprenderá —dijo su padre, y le cogió de los hombros—. Ya sé que le quieres mucho, pero lo que ha hecho no tiene justificación.

—Que sí —le respondió entre asustado y defensor de una causa perdida.

Su padre le clavó sus pupilas, arrugó la frente, enarcó una ceja y soltó una carcajada.

—¿Puedes decirme qué justifica que un potrillo loco se meta por las buenas en un gallinero y lo líe todo?

—Cortavientos tiene una vieja enemistad con el gallo colorado, y esta vez, me consta que lo estuvo provocando en el campo. Luego, el gallo se hizo el inocente, se metió en el gallinero y se puso a cantar desafiante y muy chuleta.

–Vaya, vaya –sonrió su padre–, todo un drama de capa y espada, y yo sin enterarme.

Se puso en pie. Su cara recobró el talante serio.

–Bien, ahora pon en orden los nidos de las gallinas, los palos de los gallos, recoge los restos de los huevos, limpia todo, y ojo –cuando su padre decía «ojo» era porque iba a dictar sentencia–: ¡Si no cuidas bien a tu caballo y continúan sus hazañas, no tendré más remedio que deshacerme de él!

Aquello, primero le asustó, y después le llenó de rabia.

–¿Le vas a pegar un tiro? –le increpó con un airecillo de desafío, pero en el fondo dolido por la amenaza.

–No –respondió sin amilanarse–, lo venderé para que hagan albóndigas.

Le dio un vuelco el corazón, quiso llorar pero se contuvo. ¿Sería cierto que de la carne de caballo añojo se hacían las albóndigas? Él confiaba en que no.

–No te preocupes –le dijo muy serio–, lo cuidaré con mi vida.

Su padre le alborotó el pelo.

–Hombre, tampoco es para tanto, pero no te descuides. Cortavientos es travieso porque está lleno de vida y es inteligente; por eso no debes dejarlo libre a sus caprichos.

El hombre se marchó y poco después apareció cerca de la ventana la yegua Pituca, la madre de su amigo. Le miró, con sus ojazos negros a punto de llorar, y gimió avergonzada como para decirle que ella también había querido evitar la tragedia.

–Tranquila –le dijo, y repitió las palabras de su padre–: Tampoco es para tanto.

Por la tarde le visitó Manolita y fueron juntos al prado donde pastaban las vacas a buscar a Cortavientos, antes de que cayera el día. La madre de Rafael les vio alejarse y gritó:

–No tardéis mucho, que os tengo chocolate caliente con bollos.

Lo encontraron retozando en la orilla del arroyo, persiguiendo a unas ranas que corrían despatarradas y saltaban locas de miedo de un sitio a otro pensando que un monstruo antediluviano iba a por ellas.

Cortavientos los descubrió, estiró el cuello y alargó las orejas, dio un relincho corto y fue trotando hacia ellos. Lo acariciaron como de costumbre. Tenía los flancos y la crin muy húmedos.

–Este saltarín ha estado corriendo como un zumbado –dijo Manolita.

El potro parecía entender a su amiga, entornó los ojos y mostró los dientes poderosos como si fuera a sonreír. Luego movió la cabeza hacia delante varias veces, sacudió las crines largas y sedosas, y se quedó erguido para aprovechar el viento frío del atardecer, que debía de refrescarle mucho.

–Cualquier día se resfría, le da una neumonía y estira la pata –dijo Manolita.

–Anda, no seas agorera. Está como un roble.

–Ya, pero he visto morirse caballos con pulmonía fulminante.

Rafael quería mucho a Cortavientos. Era su mejor amigo desde que nació. Lo bautizó con ese nombre y le dijo a su padre que sería para él. Pero ante los presagios de Manolita, un escalofrío recorrió su cuerpo, y trató de no hacerlo patente a su amiga para que no pensara que era un poco miedica.

En realidad, su nombre iba a ser Rayo y no Cortavientos, porque en la frente tenía una mancha vertical de color blanco, como un triángulo invertido, que resalta mucho con el color castaño oscuro de su cuerpo.

A la semana de nacer corría por todas partes, oliscaba las cosas y salía disparado.

Por eso le puso Cortavientos, y el tiempo le había dado la razón. Cuando arrancaba y arqueaba su cuello parecía el de un cisne, cortaba el viento y sus cascos apenas rozaban el suelo, como si fuera a volar. Si hubiera tenido alas, seguro que ya habría ido y vuelto a la luna.

Lo condujeron a la cuadra donde ya descansaban su madre, Pituca, el canelo Trotón y Sieteleguas, un caballo viejo pero fuerte y resultón. Le cubrieron la espalda con una manta de sarga mientras el potro se puso a beber agua; le revisaron los cascos y los limpiaron con gran cuidado, y se alejaron mientras él no dejaba de mirarlos de reojo.

Manolita era su mejor amiga. Estudiaban en el mismo cole, en la misma clase y pupitre. Sus padres tenían un establo de vacas lecheras que lindaba con el suyo. Y también, varios caballos y una yegua. Se llamaba Marmota, tal vez por lo reposada y tranquila que era, y porque cuando la montaba su amiga caminaba parsimoniosamente, como si estuviera pisando huevos.

Pero de Marmota no había que preocuparse por lo lenta que era. Una noche de invierno se quedó en el monte y la atacaron unos lobos hambrientos y ella, que apenas podía con su vida, se volvió de pronto veloz como un tigre y los hizo correr a coz limpia.

Manolita tenía varias cosas que le gustaban mucho y una que le disgustaba. Le gustaban las cosas que le contaba, que le encantaba compartir con él chuches y bizcochos, y que, como Rafael, vivía apasionada por los libros de risa y aventuras, y era una buena alumna.

Pero lo que le disgustaba era que, por cualquier motivo, le abrazaba y le daba un beso en la mejilla, haciendo un ruido como si fuera un sacacorchos.

Rafael tenía dos hermanos, un chico, Antonio, y una chica, Natalia. Ambos mayores que él. Y a ellos, muy a pesar de sus padres, no les gustaba el trabajo del establo.

Su hermano decía que sería ingeniero informático; y Natalia, pediatra. Los dos estudiaban en el instituto, se llevaban muy bien y a él le daban un poco de lado.

2 *El niño León*

PASARON dos inviernos y dos primaveras también.

El tiempo volaba y Cortavientos ya se había convertido en un hermoso caballo.

Manolita y Rafael lo mimaban. Al volver al cobertizo, si tenía frío o sudaba, lo cubrían con una manta, le cortaban el pelo, le cepillaban, le peinaban, le trenzaban las crines, le limpiaban diariamente los cascos, vigilaban su comida y el agua que bebía, le achuchaban y había que ver los aires que se daba.

Parecía un señorito lleno de garbo y hermosura. Su madre decía que lo llevarían al primer concurso de caballos que hubiese, aunque tuvieran que viajar hasta Andalucía.

Si el concurso fuera de velocidad, su caballo ganaría seguro, porque era rápido, sereno, y cuando corría podía sacarle ventaja a un coche. Nunca lo había hecho, pero el chico pensaba que sí podría.

Y hablando de concursos, acababa de ganar uno, y le habían cambiado de nombre. Antes era Rafael –y seguía siendo su nombre, claro está–, pero ahora le llamaban León.

Todos los años, el 23 de abril, celebraban el «día del libro», y en el cole se hacía un concurso para elegir quién leía mejor en cada aula.

Un jurado de tres profes valoraba si el candidato pronunciaba de forma correcta las palabras, vocalizaba y entonaba bien, y sabía hacer las pausas indicadas por los signos de puntuación.

Además, preguntaban al lector si entendía la lectura y si podía explicar con sus propias palabras lo que había leído.

No resultaba tan fácil. Había algunos, incluso ya en bachillerato, que cuando los hacían leer en público, se ponían a temblar. Rafael conocía a una chica mayor que en una asamblea vecinal le hicieron repasar un texto y la pobre se puso tan nerviosa que terminó llorando.

En su clase, al que ganaba, en vez de llamarle «megalector», «galáctico de la lectura» o «el superguay de las letras», se le denominaba el «León del año». «León» de leer, claro.

Y venía un señor de una editorial que los animaba a seguir leyendo, los obsequiaba con bolsas de chuches para toda la clase, algunos libros para los finalistas y un lote de cinco para el ganador.

Nadie quería quedarse atrás y ese año le tocó. Manolita, por los nervios, se comió un párrafo y quedó tercera. Fue a felicitarle, con el beso de sacacorchos en la mejilla.

Le gustaban los animales y por eso le venía muy bien usar su nuevo nombre. Su amiga lo había descubierto, y cada vez que le llamaba en público, se ponía muy seria, estiraba su cuello, y preguntaba: «¿León, vienes conmigo?».

En privado le decía simplemente Leo y sonreía.

En casa había caído bien su nuevo nombre. «¿Y qué dice mi León?», le preguntaba su madre, con ese deje suyo, tan bonito. Su padre hacía lo mismo, pero pronunciaba la palabra «León» con un tono de fortaleza, y Rafael elevaba el pecho y hacía como que rugía.

Y hasta Antonio le apoyaba en ese sueño.

–Que te llames León, por ser un gran lector, me parece un privilegio –declaró, con sus aires de maestro.

Era un gran lector, era verdad, pero en ello había influido mucho Manolita, porque muchas tardes leían juntos, y también su padres, que cuando podían le regalaban libros.

Habían pasado de las obras ilustradas a las novelas con apenas unos cuantos dibujos, y se divertían de lo lindo con lo chulas que eran muchas de ellas.

Eran socios –con carné– de la biblioteca de la escuela. Les prestaban libros durante quince días, pero algunos que les enganchaban mucho, se los ventilaban en dos tardes.

Antonio no dejaba de ser un listillo. Un día, le pilló leyendo a media voz una novela junto a Cortavientos, se rió a carcajadas y dijo:

–Oye, por qué no le lees poemas a la yegua Pituca, lo mismo los entiende y te manda un beso.

Ah, su hermano estaba como una cabra.

Su padre llegó del pueblo de muy malas pulgas. Rafael estiró las orejas. El hombre preguntó por su madre y se dirigió a la cocina para hablar con ella. El chico fue detrás de él a toda velocidad.

Malas noticias, seguro. Y sin mayores rodeos las soltó: en verano, el ganado iría a las cabañas de altura por última vez.

Eso le cayó como una bofetada.

Él soñaba con subir a la montaña, y tal vez ya nunca podría.

–No entiendo, allí sobra el pasto forrajero –comentó su madre.

–Ese no es el problema, lo que pasa es que... –su padre le miró, luego dirigió sus ojos nerviosos a su madre, volvió a mirarle y dijo–: León, ¿quieres salir un momento mientras hablo con mamá?

El chico se opuso:

–¡Que no! Si hay algo que se refiera a Cortavientos, yo quiero estar enterado.

Su madre le apoyó:

–Cierto. Después de todo, tarde o temprano lo sabrá y es mejor decirlo ya.

Su padre asintió y fue al grano:

–Pues parece que nos rondan las fiebres. A la porcina siguió la de las vacas locas, la de los pollos, y ahora hay una especie de fiebre de caballos... que cualquier día aparece por aquí.

–La peste equina. Sé algo de eso –les dijo.

–¿En España? –preguntó su madre.

–Posiblemente... –reconoció el padre sin dejar de lado su cara sorprendida–. Hay brotes en Estados Unidos, en Australia y en Inglaterra.

–Pero aquí no está confirmada, ¿verdad? –inquirió su madre como si tratara de agarrarse a una última esperanza.

–Sí. Ya han comenzado a dictarse una serie de medidas de seguridad, una de ellas es lo de las cabañas ganaderas y otra es que se acabaron, hasta nuevo aviso, los concursos de caballos.

–¿Podrá ir Cortavientos a la cabaña ganadera de la montaña? –preguntó Rafael.

–No veo el motivo por el cual no pueda –afirmó su padre.

–Entonces yo iré con él –le pidió, con mucha seguridad.

–No –dijo su mamá–, tú eres muy joven todavía.

Supuso que ponía una cara de perro triste. Su padre le miró con pena y, de pronto, le tomó de los brazos y le levantó.

–Irás, León, si te empeñas –dijo sonriente–. La primera vez que yo fui tenía un año menos que tú, y ya ves, he sobrevivido.

–Oye, todavía es muy chico... –insistió su madre.

–Que ya empieza a ser grande –le cortó su padre, y le estrujó contra su pecho–. ¿Verdad, León? Además, si vas tú, yo también me apunto.

–Grrrrr, grrrr –rugió, lleno de alegría.

Quedaba algo más de una semana para julio, y él contaba los días con verdadera impaciencia para iniciar el viaje.

Manolita recibió la noticia con el mejor talante.

–Me hubiera encantado ir contigo, pero ya sabes, en verano nos vamos a San Sebastián todos menos tía Fina –le miró tristona queriendo hacer menos dura la situación–. Tendrás mucho tiempo para leer.

–Eso espero. Mi padre dice que aunque aquello parezca un paseo, no es así, hay que ir de caza de altura, de pesca a las pequeñas lagunas, y cuidar el ganado.

–¡Qué gozada! Y yo estaré muerta de aburrimiento soportando a mis hermanos en la playa. Al menos si tuviera una hermana –alguna vez ya se había quejado de esto.

–Estarán tus primas en San Sebastián, ¿no?

–Sí, pero la más chica tiene quince años y ya todas hablan de historias que no me interesan. ¿Podré llamarte al móvil de tu padre?

–Cuando quieras.

–Lo haré y ya me irás contando muchas cosas.

Manolita le miró a los ojos y añadió:

–Leo, ¿te pasa algo especial que no me has contado?
–Sí.
–¿Cortavientos?
–Sí.
–Pero si vas a ir con él, vas a estar junto a él.
–Eso me encanta, pero mis padres anoche comentaron que la peste de animales avanza, y que la ciencia todavía no sabe cómo combatirla. Eso me preocupa, por mi caballo.

Se quedó pensativa.

–Oye –dijo frunciendo las cejas–, ¿y por qué no hablas con tu hermano Antonio? Él sabe muchas cosas y puede servirnos para ver qué hacemos en el futuro.

–Llevas razón –sonrió mientras le estrechaba las manos–, y gracias por implicarte tanto con Cortavientos.

Y se quedó pensando. También los padres de ella y todos los vecinos, aunque vivían de los establos y las vacas, al menos tenían un par de caballos. Si la plaga llegaba, les jorobaría a todos.

–Los animales son parte de nuestra vida –le comentó.

–Sí, pero ninguno es mi amigo, mi preferido, como Cortavientos.

–También es verdad –dijo, por decir algo.

A su hermano había que abordarlo junto a su ordenador para que se sintiera en su salsa.

Merodeó por los alrededores, y Antonio lo miró de reojo, interrogante.

–¿Tú quieres algo, no? –le espetó, sin siquiera volverse. Tenía los ojos puestos en la pantalla, y los dedos en el teclado, como arañas asustadas corriendo de un lado a otro.

–Sí.

–Bueno, dispara.

–Quiero pedirte un favor.

–Vaya, si se puede se hará, si no, cualquiera sabe.

–Quiero que me digas todo lo que sepas sobre la peste equina.

–Ah, eso es muy serio –dijo, escrutándole. Y seguro que descubrió su cara angustiada y su deseo sincero de saber lo que le pedía–. Bien, déjame cinco minutos, que quiero terminar con esto, y luego veremos qué podemos hacer.

–¿Veremos? –le preguntó–. ¿Quiénes?

–Hombre, el ordenador y yo.

–Anda, no lo había pensado.

Dio órdenes y contraórdenes a sus teclas, con toda la gravedad del mundo, y después de varios minutos le llamó.

–Mira –dijo mostrándole la pantalla–. Sobre ese tema hay mucha información y en todas las lenguas. Te voy a leer algunas cosas que te van a interesar: «El mal apareció hace muchos años en Asia, pero le llaman "la peste africana". Renace de manera misteriosa y suenan las alarmas cuando ya la infección em-

pieza a matar animales. Se manifiesta como un simple catarro y aniquila casi sin remedio. Se propaga por el aire y allí radica su peligro». ¿Entiendes?

–Sí. El estornudo de un enfermo puede contagiar a otros.

–Eso mismo. Pero oye esto: «La mejor manera de evitar su propagación es aislar a los equinos a la primera sospecha».

–Por eso no quieren que los caballos estén juntos en las alturas, las ferias ni los concursos.

Antonio se quedó muy interesado y siguió leyendo para él solo. Y eso asustaba a cualquiera.

–¿Qué pasa? –le preguntó Rafael, temeroso.

–Lo que dice de la fiebre del pollo sí es terrible. No hay vacunas contra ella. Si el virus es contagiado a un hombre, este muere a los pocos días, y como se propaga muy rápidamente y no tiene cura... Podrían morir millones de personas si se desatara la peste entre nosotros.

De pronto, su hermano soltó una carcajada.

–¿Y qué te hace gracia?

–Desde que apareció la fiebre de las vacas locas, en muchos lugares del mundo, especialmente en Inglaterra, Estados Unidos y Japón, las hamburguesas y las salchichas son de pollo y de cerdo. Y hay fundadas sospechas de que se hacen bocadillos con perros, gatos y caballos.

–¿Realmente no hay algo sobre la curación del mal?

–Vamos a ver… Hasta la fecha no se ha descubierto una vacuna o alguna cosa concreta que inmunice a los pollos, vacas ni a algunas variantes de los caballos cuando cogen el mal.

–Y entonces, ¿cómo se origina?

–Eso ya lo sabemos –dijo Antonio, mirándole fríamente. Y añadió–: El mal se produce porque los piensos industriales son elaborados con sustancias o productos animales de la misma especie, o sea, con cadáveres de la familia…

–Algo así como si fueran antropófagos.

–Más o menos, pero antropófago es el hombre que se come a otro hombre: el caníbal. En el caso de los animales serían zoófagos.

–¡Qué asco!

–Pero es verdad, y los pobres animales no tienen la culpa. Son los hombres, los desaprensivos que fabrican piensos con residuos animales, los que lo joroban todo.

–Oye, ¿y los lobos que se comen terneros?

–El lobo no es de la misma especie animal que el cordero. El mal ocurre cuando son primos hermanos.

–¡Qué desgracia!

Antonio le miró otra vez muy severo.

–Sí, es una auténtica tragedia.

3 *Los lobos y el León asustado*

La subida a la cabaña ganadera se haría como hacía veinte años. Los dueños de los establos sabían que esta sería, hasta nuevo aviso, la última vez que se repetiría esa forma maravillosa de compartir el verano en las alturas.

Todos debían estar el día fijado, antes del alba, en la explanada del molino viejo. Y Rafael aprovechó la media tarde para despedirse de Manolita.

Se encontraron en el prado porque ella quería decir adiós a Cortavientos. Lo buscaron, se acercaron a él y, como si supiera que se marchaba, el caballo resopló nervioso y se dejó acariciar por su amiga.

–Chico, te voy a echar mucho de menos –le dijo, y Cortavientos abrió sus ojos grandes, enormes, y luego pestañeó como si quisiera comerse el mundo a cámara lenta, con su mirada lánguida. Manolita le dio unas palmaditas, se volvió hacia Rafael y comentó–: También el pobre se ha puesto triste, este caballo parece tener alma.

–¿Tú crees? –le preguntó él, entre alarmado y curioso.

–He leído en alguna parte que hay perros que, cuando mueren, se van al cielo.

Y el chico le siguió la corriente:

–¿Crees tú que los caballos buenos también tendrán un cachito de cielo?

–Si pueden los perros, ¿por qué no los caballos? Todos dicen que ambos son los mejores amigos del hombre –dijo sonriendo, y mostró orgullosa sus dos paletas superiores, que habían cambiado hacía poco, y que le habían quedado que ni pintadas.

Cortavientos los contemplaba mansamente.

Relinchó con discreción, como si riera.

–Ya ves –insistió Manolita–, él dice que sí.

¡Qué cosas tenían las chicas! Rafael no sabía qué decirle. En el acto, Manolita se dio cuenta de su turbación.

–Pero qué bobadas estamos diciendo –enfatizó–. Nuestro amigo tiene, todavía, mucha vida por delante.

Palmeó el cuello de Cortavientos y le dio un beso. Luego se alejaron, mientras el caballo, que parecía tener alma, les siguió mirando.

Le detalló sus planes para la playa, y Rafael le comentó que también sentía gran ilusión por pasar varias semanas con su padre en la montaña, de donde se contaban muchas historias.

Se miraron embelesados, como si cogieran un trozo de nube con las manos, y sabían que les esperaban unos días felices, a cada uno a su manera. Entonces los llamó su madre, y rompió ese pequeño hechizo. Corrieron hacia ella.

–Os he preparado unos bollos –dijo, y le miró algo picarona–. Supongo que te apetecerá tomar una merienda de despedida con Manolita.

Ellos asintieron con la cabeza, agradecidos.

Se habían levantado mucho antes de que amaneciese y tomaron un desayuno consistente, además de los bocadillos y del termo con leche caliente que había preparado la mamá.

Los pastores ya habían sacado su ganado y en la puerta les esperaba una carreta tirada por dos bueyes, donde se depositaron los sacos de dormir, la escopeta, las cañas de pescar, ropa, alimentos y todas las cosas que se llevaban para un viaje de varias semanas.

La madre los besó a su padre y a él, y les encargó que se cuidaran mucho, que no se expusieran a situaciones de riesgo y, sobre todo, le insistió a su marido que mantuviera siempre el móvil encendido para comunicarse con ellos en cualquier momento.

Luego los abrazó con cariño. Partió el carro y ella siguió en la entrada de la casa, con la mano en alto, diciéndoles adiós. Después aparecieron corriendo sus hermanos, y también los despidieron agitando las manos.

En la explanada del viejo molino se juntaron varios carros y empezaron a mezclarse buena cantidad de animales de todos los establos de la zona. Había pastores, montados a caballo, que iban de un sitio a otro ordenando el ganado.

Ya nadie faltaba. Se inició la marcha hacia la montaña justo cuando, encima de sus cabezas, un resplandor entre rosa y ambarino anunció que empezaba la mañana.

Primero caminaba el ganado, y la caravana cerraba el cortejo. De todos los establos vecinos salía la gente a decirles adiós.

–Hace veinte años que no se hacía esto –dijo su padre, que tenía en las manos una pequeña vara e iba sentado junto a Rafael en la segunda carreta–. Resulta que de pronto la gente ha sentido nostalgia y hemos querido hacerlo como antes.

–¿Nostalgia?

–Sí, una especie de morriña por el pasado; ahora, cuando la modernidad ya todo lo ha cambiado.

Pensó que lo que más les había movido a realizar ese viaje era que tal vez nunca se volvería a repetir, no solo porque rondaban males como la peste equina o el famoso de las vacas locas, sino porque, efectivamente, ya todo había cambiado.

Su padre contemplaba el camino con los ojos entrecerrados como si recordara algo, y Rafael bien sabía que también estaba triste.

–¿Cuánto falta para llegar? –le dijo, a bote pronto, para que se confortara.

–Unas catorce horas. Haremos un pequeño alto para la comida y la merienda, y estaremos llegando entre las ocho y las nueve de la tarde.

–¿Y cómo se hacía este viaje en estos últimos años?

–Al ganado lo conducían los pastores en dos días y al tercero nos acercábamos los dueños en los cuatro por cuatro.

No fue por una carretera por donde empezaron la ascensión; era, más bien, un camino ancho y claro. Para los coches de tracción a las cuatro ruedas aquello no significaba nada.

A medida que subía el sol, el paisaje iba cambiando. Era pleno verano, pero el rocío mañanero había inundado el verde y olía más que nunca a campo amanecido.

A lo lejos, retazos de neblina empezaban a moverse y trepar hacia lo alto. La marcha era lenta pero agradable, perfumada, y empezaba a mostrar perspectivas, desde lo alto, nuevas y diferentes para quienes hacían ese viaje por primera vez.

Notó que en algunas carretas había señoras y chicas mayores, pero casi no vio a niñas o niños. Tal vez no podría conseguir nuevas amistades.

–¿Papá, y por qué no vienen niños?

–Porque ahora todos prefieren la playa o ir a otros sitios –comentó su padre–. Bueno, no todos, algunos, como tú, no quieren perderse esta vieja costumbre que podrán contar a sus nietos cuando sean mayores.

Nunca lo había pensado, y le preguntó:

–¿Todos tendremos nietos algún día?

Su padre sonrió, le revolvió los cabellos con cariño.

–Bueno, mi León –dijo recordando el nuevo nombre que ya a muchos empezaba a olvidárseles, y sonrió–, si tienes hijos, a lo mejor tendrás nietos, no sé qué te deparará la vida.

Se irguió sobre la carreta, volvió el cuerpo hacia atrás y buscó con los ojos a Cortavientos, pero había muchas vacas, toros, toretes y caballos que se parecían y, por más que se esforzó, no pudo distinguirlo.

Llegaron al atardecer, y se tropezaron con un vientecillo helado que los obligaba a ponerse los jerséis.

Mientras descendían de las carretas, todos los hombres corrieron a echar una mano para meter en los corrales el ganado, y las mujeres, que en su mayoría calzaban botas y anoraks, comentaban que aquí había pasto de sobra.

Era verdad: Rafael caminó por los alrededores y descubrió que la hierba era tan alta que casi le llegaba a las rodillas.

En lontananza había montañas que, a pesar de ser verano, no habían perdido en sus cumbres más altas unos penachos de nieve. Se veían muy bellos al atardecer porque las últimas luces del sol mortecino les daban un tono ámbar, como rebañando su blancura con brochazos de caramelo fundido, sobre un fondo de azul oscuro del que se desprendía una especie de luminosidad.

Por las laderas de los gigantescos cerros se adivinaba que sobraba el pasto forrajero y los árboles, que, de tan verdes que eran, parecían azules.

Había dos grandes cabañas en las que se distribuyó la gente, guiándose por unas listas que habían puesto en unos pizarrines a la puerta de estas.

Por dentro, aquello lucía maravilloso. Parecía un hotel de campo, tenía varias estancias con estufas de leña, mesas, sillas y televisión, y contaban con servicio vía satélite para captar grandes cadenas.

Había pequeños bares, un gran salón comedor y ventanas rústicas de madera, bien labradas y con gruesas cortinas para el frío.

Lo que saltaba a la vista era una buena cantidad de fotos de animales en las paredes: gamos, ciervos de cornamentas ensortijadas, jabalíes, y hasta algún lobo, dos pumas y un oso. Y también algunas aves, quebrantahuesos, halcones peregrinos, águilas, búhos y una pareja de aves de una especie pequeña, muy esponjadas, que parecía que bailaban una danza.

Entonces, su padre, que le estaba buscando, le cogió de los hombros.

–¿Qué son? –dijo el chico, mientras le señalaba con la mirada a las plumíferas danzarinas.

–Son urogallos –afirmó–. Si tenemos suerte, podremos ver su cortejo nupcial alguna noche de luna.

–¿Cortejo?

–Sí, esos son dos urogallos machos danzando por el amor de una chica urogallo que será la que tome por marido a uno de ellos, para que después puedan tener urogallitos.

–¡Qué maravilla!

–Sí –dijo su padre–. Ahora tenemos que guardar todas nuestras cosas en nuestra habitación.

–¿No dormiremos en los sacos?

–Aquí no, las habitaciones son muy confortables. Los sacos los usaremos si pernoctamos fuera, en las tiendas.

–¿Y aquí hay baños con agua caliente y todo?

–Sí.

–Esto parece un hotel.

–En realidad, ahora son unos pequeños hoteles y viene la gente para hacer turismo rural. Antes no eran así. Estas cabañas eran una especie de cobertizos con estufas para que cada familia cocinara por sí misma su yantar. Por lo general, venían pastores que hacían pequeños grupos y degustaban la sopa de un caldero común.

Papá habló de comida y, como de costumbre, a Rafael le produjo una pequeña sacudida en el estómago.

–¿Y qué vamos a comer?

Su padre apretó los labios, frunció las fosas nasales y aspiró con fuerza.

–¿Hueles?

–¿Cordero?

–No, ciervo. Posiblemente lo han cazado esta misma mañana.

El chico supuso que acababa de poner una lamentable cara de hambre.

–El campo despierta el apetito, y tú debes de tener uno de león –bromeó su padre–. Ya verás qué cosa más rica.

–Papá, ¿y cómo sabes que se trata precisamente de un ciervo?

–El aroma es inconfundible.

Poco después, en el comedor, le señaló un lugar visible donde había una pizarra que decía: «Hoy, ciervo en salsa de arándanos».

La primera semana se les fue como un suspiro, muy rápida y llena de experiencias inolvidables.

Paseos a pie y a caballo por la montaña; excursiones a dos lagunas cercanas, donde pescaron y lo pasaron la mar de bien; caminata al «Velo de la Novia», que era una cascada de agua cristalina que se desprendía de las alturas y que se originaba por el deshielo de la nieve, y una marcha hacia la cumbre misma de la montaña en busca de un gamo, un rebeco o un ciervo, aunque, lamentablemente, no pudieron conseguir nada.

Bueno, «nada» era un decir, porque vieron muy de cerca un águila imperial y un halcón peregrino evolucionando en el aire, con la certeza de que no iban a por ellos y no les harían el menor daño.

Llegaron a la cabaña casi al atardecer y, después de la cena, disfrutaron de la hora más relajada del día: cuando todos se reunían.

Unos, después de dar sus caminatas; y los pastores, tras cuidar y vigilar el ganado. Algunos jugaban al dominó y al mus, otros veían la televisión o, simplemente, conversaban muy apacibles.

Nadie estaba para líos ni discusiones, y Rafael se lo hizo notar a su padre. Él le dijo que la vida de la montaña era así: durante todo el día la gente caminaba y trabajaba con mucha energía. Por la tarde, a pocos les quedaban ganas de dar batalla.

Contempló la noche joven desde una ventana, y le pareció que estaba muy iluminada por una luna casi llena. Todo era claridad y paz.

Se acercó a su padre y le preguntó:

–¿Podremos un día de estos oír el canto del urogallo?

–Sí, pero prefieren cantar por las noches –dijo él–. Cualquiera de estas empezarán a darnos la serenata.

Volvió a la ventana y miró devotamente los árboles, los arbustos y la montaña. Qué serenidad y qué silencio reinaban en esa noche inolvidable.

Transcurrió tal vez una hora. Su padre le indicó con una seña que ya debían retirarse a dormir.

Se puso de pie, y en ese momento un balazo crispó el silencio. Todos reaccionaron, se miraron unos a otros con cara de duda, y algunos volaron a la puerta.

–¿Qué pasa, qué pasa? –gritó una señora asustada.

–Son los guardianes nocturnos… Algo debe de ocurrir en la manada –le respondió un hombre.

Rafael también tuvo ganas de salir corriendo a la puerta. Su padre le cogió del hombro.

–Tranquilo –le dijo–, si todos corremos nos vamos a atropellar.

Y en ese momento se oyó un segundo disparo.

–¿Qué sucede? –se intranquilizó.

–Pronto lo sabremos, no te preocupes.

Por fin llegaron a la puerta, y ya muchos estaban allí a la espera de alguna novedad.

Dos nuevos balazos consiguieron inquietarlos a todos.

Rafael se cogió de la mano de su padre. Él notó que estaba tembloroso.

–Tranquilo, León –le dijo–. Los grandes felinos guardan siempre la calma.

Entonces, del lado del corral, apareció a la carrera uno de los cuidadores nocturnos con una escopeta en la mano.

–¡Hay tres o cuatro vacas que se han fugado! ¡Al parecer las han atacado unos lobos! –exclamó agitado.

Él pensó en Cortavientos, se preocupó, y se lo comunicó a su padre.

–No creo –dijo para calmarle–, hablan de vacas y no creo que Cortavientos esté con ellas para hacerles compañía, precisamente.

–¿Y si fuera él?

–Mira, allí suben ya varios pastores armados para ahuyentar a los lobos.

Efectivamente, una partida de ocho o diez hombres partieron hacia el monte siguiendo al cuidador nocturno.

Alguien dijo que era mejor que los demás se quedaran en las inmediaciones de la cabaña, esperando novedades. Y todos le hicieron caso.

Entonces sí se desataron las lenguas, y el que más y el que menos tenía algo que comentar. La tranquilidad de hacía unos minutos se convirtió en un alboroto angustiado.

Más o menos a la media hora, camino de la montaña, se vio a un grupo de hombres que venían arreando tres vacas y, un poco por detrás del grupo, también caminaba un caballo.

Cuando ya estaban cerca, descubrió que se trataba de Cortavientos, le dio un vuelco el corazón, y corrió a toda prisa a su encuentro. Los demás le siguieron.

Sin duda, también él le reconoció y dio un leve trote hacia el chico, que le abrazó por el cuello y no se reprimió en darle un beso.

–¿Es tuyo, verdad? –dijo el cuidador, todavía con la escopeta en la mano, miró a los que hacían corro y elevó la voz–: ¡Pues todos deberíamos felicitarlo!

Se hizo un silencio.

Rafael trató de decir algo, pero las palabras se le atragantaron. El hombre habló como para que le oyeran todos:

–Tres lobos pillaron a una ternera y la hirieron, y este caballo fue el que les hizo frente y los puso en fuga a golpe limpio. Además, relinchó bravamente, y eso nos alertó para ubicarlas.

–¿Tú lo viste? –preguntó su padre.

–Sí, y también realicé los disparos cuando los lobos se reagruparon y pretendieron volver.

—Y los otros pastores que fueron contigo, ¿dónde están?

—Vienen despacio, traen a la ternera herida.

Y de alguna parte de su pecho se le escapó una exclamación:

—¡Cortavientos, hiciste huir a los lobos!

Y todos le jalearon, le abrazaron y le dieron la enhorabuena por tener un caballo tan valiente.

Rafael fue el primer sorprendido. Siempre consideró a Cortavientos travieso pero más bien pacífico. Entonces vio qué equivocado estaba: en el momento oportuno había sacado todo el empuje de su casta.

Después llegó la ternera atacada por los lobos. Era joven y tenía heridas que le sangraban un poco en el morrillo, la cabeza y ambas faldas. En el acto, los entendidos evaluaron sus daños y diagnosticaron que su vida no corría peligro.

Llevaron a las fugitivas al corral y también a su caballo; y ya en la cabaña, todo el mundo siguió comentando la hazaña de su amigo.

De pronto, se le puso delante una chica que le doblaba en tamaño y debía de triplicarle en edad. Tenía las manos en jarras en la cintura, vestía pantalones y casaca vaquera y botas de caña alta.

Le miró a la cara. Era muy bonita, pero tenía la piel quemada como si viniera de la playa. Y sin que mediara palabra, puso una rodilla en tierra y le abrió los brazos.

Rafael se quedó paralizado.

–Venga, hombre –le dijo su padre–, un abrazo nunca se desprecia.

Se acercó y ella, más que abrazarlo, le achuchó por unos segundos, le dio un beso en la mejilla, y lo que más le impresionó de su cuerpo de chica mayor fue la extraña calidez de su perfume.

–Felicitaciones, caballerito –dijo con una extraña forma de hablar.

–Gracias –le respondió.

–¿Se puede saber cómo te llamas? –insistió con su voz cantarina.

–Rafael..., pero también me llaman León.

–¿León? ¡Qué ricura! –comentó.

–¿Y tú? –le preguntó todavía muy cortado.

–Marinela –dijo cuando ya se había puesto de pie. Le frotó una mejilla con cariño y se alejó.

Y Rafael se quedó mirándola, traspuesto, no tanto por su cara bonita ni su cuerpo de señorita, sino por su extraño perfume, que olía muy bien.

–Bueno, «caballerito» –dijo su padre, con su retintín y su media sonrisa–, es hora de irnos a dormir.

4 *La flor más bella de la sabana*

—Papá, ¿tú conoces a esa chica?
—Sí.
—¿Y sabes su nombre y todo eso?
—Todo eso no. Sé que es sobrina de uno de los Miranda. Bueno, los Miranda son tres hermanos, dos de ellos tienen sus establos en nuestra misma comarca y el otro viajó a Venezuela muy joven, se casó allí, hizo fortuna, y esa chica es una hija suya que pasa unos días con sus tíos aquí.
—Con razón habla un poco raro.
—Sí, con un poco de deje, pero sobre todo como si quisiera demostrar cariño, ¿verdad?
—Y huele muy bien. Lleva un perfume que es como si te hiciera oler todas las flores del mundo.

Su padre le miró algo serio y arqueó un poco una ceja.

—Por lo visto esa chica te ha impresionado.
—No mucho, porque es muy vieja.

Entonces, su padre sonrió.

—Esa chica tiene dieciséis años.
—Ya, pero parece muchísimo mayor.
—No, yo la veo normal..., bueno, un poquito más desarrollada que las chicas de su edad, pero nada más.

—Me dobla en edad. Ahora tengo ocho, y cuando yo tenga dieciséis, ella tendrá treinta y dos.

Su padre soltó una carcajada.

—Te fallan las matemáticas —dijo sin dejar de sonreír—. Cuando tengas dieciséis, ella tendrá veinticuatro.

—¿Sabes cómo se llama? —le preguntó—, porque me lo dijo muy rápido. Era bonito su nombre, pero lo he olvidado.

—No —dijo su padre, y se acurrucó entre las mantas—, ahora tenemos que dormir y mañana, si te interesa saber su nombre, se lo puedes preguntar.

—Vale.

Estuvieron un buen rato recordando las cosas bonitas que habían ocurrido ese día hasta que, de pronto, Rafael dio un salto.

—¿Y ahora qué te pasa? —le preguntó su padre a punto de dormirse.

—¡Que Cortavientos ya es un héroe! ¡Salvó de morir a una ternera de las fauces de los lobos!

—Claro, aunque nunca sabremos cómo se fugó y apareció en la parte alta peleándose con ellos —comentó su padre, y tres segundos después hizo un breve gorgorito y se quedó dormido.

—Seguro que descubrió que la ternera se fugaba y fue en su ayuda —dijo muy bajo.

A la hora del desayuno la buscó de forma disimulada, y no asomaba por ninguna parte. Se puso a tomar el tazón de leche con cereales, y de pronto, ella apareció radiante.

Seguía vestida con pantalones y casaca vaquera, y se había recogido el cabello en una larga coleta que le colgaba por la espalda. Estaba con dos señores un poco mayores, y se sentó justo delante de ellos.

Le descubrió mirándola y le saludó moviendo la mano. Rafael y su padre correspondieron a su saludo y el chico se quedó mirándola.

–Esos señores son los tíos de la chica que tiene el perfume de todas las flores del mundo –dijo su padre, sin perder su jovialidad.

–Ya –le dijo, e hizo como si no le interesase nada y siguió comiendo lentamente.

De pronto, volvió la mirada hacia ella, que también le estaba observando, y le sonrió. Rafael quiso disimular, y casi se metió la cuchara en la oreja.

Estaba seguro de que su padre se había dado cuenta de su torpeza, pero hizo como si no ocurriera nada.

Trató de comer lo más despacio que pudo los cereales del tazón; sin embargo, finalmente, se acabaron y no quedaba más remedio que levantarse e irse. Al pasar junto a ella la volvió a mirar, y la chica se despidió con un movimiento de la mano y una sonrisa.

–Adiós, León –dijo con ese tono suyo, tan peculiar cuando hablaba.

–Adiós –le respondió. Lo penoso era que no recordaba su nombre.

Llegaron a la puerta y «estiraron un poco las piernas», como decía su papá. Hasta que ella también apareció. Su padre le animó.

–¿Por qué no vas y le preguntas cómo se llama, y, de paso, el nombre de su perfume...? No sea que hoy o mañana se marche, y no puedas contarle a tus hermanos todos los detalles de la chica americana.

–¿Crees que se irá pronto? –le preguntó.

–Sí, sé que va a estar aquí solo unos pocos días.

No sabía de dónde le salió tanto valor... Se acercó a ella. La chica, al verlo, se dirigió a los dos señores:

–Un momento, ahora os alcanzo... Voy a conversar un poco con mi amigo León.

Ellos se fueron y, entonces sí, se puso un poco nervioso.

–¿Es cierto que te marcharás pronto? –le preguntó de sopetón.

–Es una pena, pero es verdad: me iré antes del mediodía.

–¿Y adónde? –dijo Rafael, porque no atinaba qué otra cosa decirle.

–A Madrid, a Granada, a Sevilla, de nuevo a Madrid y luego a Las Palmas de Gran Canaria.

–¿A Canarias?

–Sí, mi madre nació allí. Tengo muchos parientes a los que quiero conocer. Estaré un par de semanas con ellos.

–¿Y luego?

–A mi patria, a Venezuela –se acuclilló un poco, como la primera vez que le vio, le alisó con los dedos el pelo como si le peinara. Volvió a sentir su perfume, y comprobó que, efectivamente, olía a todas las flores del mundo.

–¿Es grande tu país?

–Sí, mucho, dos o tres veces más grande que España. Yo nací en la sabana, en el otro lado de la tierra, donde también hay mucho ganado y muchos hatos.

–¿Hatos?

–Haciendas.

–¿Haciendas?

–Fincas muy grandes.

La contempló detenidamente. Descubrió sus ojos grandes, que parecían azules cuando divisaba el cielo y verdes cuando miraba el verdor del pasto.

–Oye, ¿tus ojos cambian de color?

Dio una carcajada y entrecerró los ojos, con unas pestañotas castañas y rizadas.

–Son zarcos –explicó–, son azules casi celestes, pero se ponen verdes según a donde mire.

–Jo, qué cosa más bonita.

–Gracias, cariñito –le dijo.

Le volvió a peinar la cabeza y se puso en pie.

–Perdóname... –le dijo algo tembloroso como si ella fuera a enfadarse–, pero no recuerdo tu nombre.

–Marinela –dijo, y lució los dientes; parecían dos hileras de una mazorca gigante de maíz blanco y brillante.

Le dio la mano como irrefutable anuncio de despedida.

–Y también quiero preguntarte… ¿Cómo se llama ese perfume tan bueno que usas?

–*Marinela's*, como yo.

–¿Y qué es una «marinela»?

–Es una variedad de las orquídeas. Dicen… –se le iluminó la cara y puso su dedo índice de la mano derecha en la punta de la nariz de Rafael– que es la flor más bella y perfumada de la sabana venezolana.

–Debe de ser verdad –dijo, como si realmente lo supiera desde antes–. ¿Y cómo es?

–Es una flor grande, roja y dorada, y muy aromática.

Se quedó mirándola unos segundos y ella también a él. Se agachó, le dio un beso en la mejilla y le tomó la mano, apretándola cariñosamente.

–Adiós, León, eres todo un caballerito, me encanta haberte conocido –dijo, y se fue, rauda, como una nube baja en otoño sobre la montaña, soplada por un viento fuerte.

Ese día subieron hasta una parte muy alta de dos cerros a los que se les conoce como «los gemelos», porque se parecen mucho y se yerguen entre misteriosos y desafiantes.

El sol brillaba con toda su fuerza, pero también corría una brisa helada que refrescaba y se agradecía. No estaban solos, los acompañaban otros tres ganaderos y la esposa de uno de ellos.

Algunos llevaban escopetas, por si acaso.

Había sido una caminata agotadora y les pareció imposible llegar a la cima, pero habían escalado hasta una cota muy alta.

La suerte los acompañaba: era un día sin nubes, neblina o bruma, y visto desde arriba, todo, en vez de empequeñecerse, crecía en su grandeza.

Su padre conocía bien la geografía de la región y les iba señalando con mucho detalle el nombre de cada pueblo, los nacimientos de dos ríos muy famosos, unas lagunas a lo lejos, tal y cual valle o llanura, que se perdían en la lejanía a sus ojos por más que se ayudaron con unos binoculares.

Todavía faltaba para el mediodía. Se sentaron, felices y contentos, a contemplar el paisaje que «parece cantar a la vida y a la naturaleza», advirtió alguien, y todos escucharon en silencio.

De improviso, unos metros más arriba del grupo, entre unos verdes y tupidos arbustos, algo se movió. No fue un movimiento de un animal pequeño, sino algo más aparatoso, el que podría hacer uno más bien grande.

Se quedaron muy quietos.

–¿Puede ser un oso? –preguntó alguien, casi en un susurro.

–Quizás –dijo su padre por toda respuesta. Los hombres se pusieron en pie.

Miraban a un lado, a otro, y su padre les pidió a la señora y a él que descendieran unos pocos metros y se cubrieran detrás de una peña que parecía agazapada. Los hombres aguardaron.

–Dispararemos a darle solamente si nos ataca –dijo su padre–. Si huye, lo dejaremos marchar. Estos son animales protegidos

Pasaron unos segundos de angustia. Los movimientos en la maleza continuaron y él supuso que todos sentían que sus corazones comenzaban a latir con mayor fuerza, porque el suyo corría desbocado.

La señora que estaba junto a Rafael se santiguó dos veces y el chico la imitó. Nadie sabía qué podía pasar.

–¡Atentos! –dijo su padre, en voz baja pero audible–. Voy hacer un disparo al aire.

Sonó el tiro, y su eco se alejó retumbando entre las paredes de los cerros hasta perderse en la lejanía.

El misterioso animal se quedó quieto por unos segundos, como si adivinara que iban a por él; luego volvió a moverse, y alborotó el arbusto que lo protegía con sus ramas tupidas.

Todos siguieron atentos, electrizados por la indecisión, esperando una sorpresa.

–Voy a disparar otra vez, hacia un lado –dijo su padre–. Tal vez eso lo asuste y se descubra.

Apuntó cerca del lugar donde ese gran bulto se movía y apretó el gatillo.

De nuevo el animal desconocido se quedó quieto. Pasaron unos segundos larguísimos, como si fueran

horas, y cuando ya todos estaban a punto de «ponerse de los nervios», como decía su hermana Natalia, algo surgió entre los arbustos.

Primero la cabeza, como una mata de crines que chorrean sobre la frente y el pescuezo, y finalmente el cuerpo grueso y muy peludo de una yegua.

Todos se miraron asombrados, y después apareció un caballo joven, igualmente corpulento y peludo.

–¿Creéis que nos atacarán? –preguntó la señora, todavía agazapada junto a Rafael.

–No –dijo uno de los hombres–, estos son caballos cerriles.

Miró a su padre como pidiéndole una explicación.

–Son animales que se fugan de las cabañas o de los pastores de altura y se extravían; luego se acostumbran a la vida de la montaña y ahí los tienes, viven a su aire, ni siquiera se han asustado mucho con los disparos.

–¿Qué hacemos con ellos?

–Dejarlos –dijo su padre. Y cogió unas piedras y las arrojó para ahuyentarlos.

Los animales entonces sí se espantaron y se alejaron hacia la parte más alta. Pronto el movimiento de los arbustos, que producían con su cuerpo al pasar, se fue diluyendo hasta desaparecer.

Ya en la cabaña, su padre le contó varias historias de los cerriles, que a él también se las contaron de niño. Había caballos y yeguas, toros y vacas.

–Nadie los protege... ¿y pueden sobrevivir?

–Como andan tan a su aire, posiblemente se lo pasan mejor que en los establos –le dijo poniendo una cara bonachona.

Rafael creía que Cortavientos había entendido que ya era famoso, y también todos los miembros de la pequeña tropa de yeguas y caballos que subieron a la cabaña de altura lo miraban así.

Desde lejos el chico contempló cómo gastaba unos aires salerosos al caminar, con los músculos tensos, la frente erguida, las crines sedosas al viento y sus cascos con un repique que apagaba la hierba, acompasados y simétricos, como si bailara.

Su garbo, el rítmico movimiento de su cuerpo, sus arrestos de señorito y su mirada centelleante, negra, como si tuviera dos carbones encendidos en los ojos, no tenían comparación en fina estampa, en majestad y belleza, con los de ningún otro animal... Al menos que él supiera.

Sus parientes resoplaban por lo bajo y lo miraban de soslayo, recelosos. Estiraban sus cuellos, los arqueaban y luego se agachaban hacia el pasto para seguir comiendo como si no les importara nada, pero luego, entre las crines, les culebreaban sus músculos porque estaban nerviosos.

Las yeguas levantaban la cabeza y le saludaban con breves relinchos que Cortavientos contestaba y agradecía entre suaves soplidos que hacía temblar sus belfos negros.

Cerca de un pedrusco, una potranca comía un manojo de pasto. Cortavientos se le acercó y le arrancó un trozo de hierba que colgaba al aire y que la otra sostenía entre sus dientes. Ella lo miró sorprendida y luego el caballo agachó dos veces la cabeza y se alejó dejándola más sorprendida todavía.

Y un potrillo de manto azabache y un lucero blanco en la frente, que apenas tenía dos semanas de vida, se le aproximó y caminó detrás de él como si quisiera imitar sus movimientos, como si tuviera la suerte de ir a la zaga del héroe.

Cortavientos se volvió, se detuvo y lo miró. El pequeño se frenó asustado. Quiso huir en estampida, pero sus piernas de alambre se tambalearon.

El amigo de Rafael se aproximó más y el potrillo temblaba sin el menor reparo.

Entonces el héroe se arrimó todavía más, le lamió la frente, le sobó las crines, relinchó con delicadeza y se irguió; y tanto el potrillo como Cortavientos se alejaron a la carrera, felices, en direcciones contrarias.

Nunca había jugando tanto, ni visto tantas cosas, como aquellos días con su padre en la montaña.

Disfrutó con todo: en los paseos, durante las largas caminatas, en los instantes que descansaban panza arriba, tumbados sobre la hierba, viendo juntos pasar las nubes, o esperando, caña en mano, que picase un pez para luego sentir la impagable sensación en el anzuelo y la pequeña lucha por capturarlo.

Era algo sin parangón en el mundo.

Otra cosa que no tenía comparación con nada era pararse encima de una colina, al pie de un acantilado o al borde de un precipicio de la mano de su padre para mirar el paisaje; o coger, entre sus dedos, un trozo de nieve perpetua, que allá, en la cumbre misma de la montaña, desafiaba a cualquier verano.

Además, a través de sus conversaciones, de tanto andar juntos, de las cosas que le había contado, de sus recuerdos de antes de que él naciera, y de sus comentarios sobre los parientes y amigos, había descubierto en su padre a un hombre que no conocía. Era más bueno, más guay y más amigable de lo que Rafael pensaba.

El viaje no solo había servido para acompañar a su ganado en la última marcha a las cabañas de altura, sino para descubrir muchas cosas. La amistad de su padre, el valor de Cortavientos, lo bonito que era vivir en grupo con los vecinos y compartir la belleza de los paisajes y de los animales. Y a Marinela, su amiga por cinco minutos, pero inolvidable.

En fin, los plazos se cumplieron y todo terminaría.

Llegó la última noche en la cabaña de la montaña. Hubo una fiesta y una comilona junto a una gran fogata. Los mayores cantaron y bailaron, y todos estuvieron felices.

Rafael tenía mucho que contar de las cosas que había visto, pero lo que no se le iba de la cabeza, ni de la nariz, era la cara de Marinela y su perfume.

Estaba seguro de que ni sus hermanos ni Manolita le iban a creer cuando les dijera: «He conocido a una chica muy bonita, que nació en la sabana, al otro lado de la tierra, y que huele como todas las flores del mundo. Y le cambia el color de los ojos según las cosas que vea».

La verdad es que no sabía si se lo contaría, porque tal vez no le iban a creer. Pero de lo que sí estuvo siempre orgulloso, y para él entró en la historia de la familia, fue de cómo Cortavientos, el valiente, luchó contra tres lobos para defender a una ternera herida. Su caballo era un héroe, aunque nunca fuera campeón.

Su padre le indicó que debían irse a dormir, y varios se retiraron, cansados, pero todos con alguna historia inolvidable que contar. Subir a la montaña cundía, era como si de pronto hubiera dado un estirón y el pantalón se le quedara un poco chico.

–¿Te gustó todo esto?

–Muchísimo –le dijo–. Gracias, papá.

–No tienes por qué agradecerme nada, todo te lo ganaste a pulso... Oye, hasta tu amistad con Marinela.

«Sí, ahora ya es un recuerdo», quiso decirle, pero no abrió la boca.

–¿A qué hora salimos mañana? –le preguntó.

–De madrugada, así que ya hay que dormir.

Se quedaron en silencio y posiblemente su padre ya

empezaba a pestañear. Cuando de pronto, a lo lejos, se percibió una especie de grito, como una voz que se quedara en la garganta.

También parecía un canto, o una extraña melodía, que se repetía como un estribillo cada cierto tiempo. Aquello le sobrecogió y prefirió seguir en silencio. ¿Qué podía ser a esa hora? Y poco después, de nuevo, se oyó ese extraño sonido, luego otros, y otros.

Su padre se despertó. Se dio cuenta de que Rafael se había sentado sobre la cama.

–¿Escuchas? –dijo.

–Sí.

–Pues se trata de algo que tú querías oír.

–No sé el qué... –le dijo.

–Es la canción de amor del urogallo –afirmó.

–¿Podemos ir a verlos?

–No. Están lejos, en algún claro del bosque. Si nos ven se espantarían y acabarían su fiesta... Ahora, trata de dormirte, ya lo has oído.

Ya recordaba, eran los urogallos machos que danzaban para que alguna chica urogallo se enamorase de alguno y, con el tiempo, naciesen urogallitos.

5 Dos años después...

Sí, pasaron dos años. Nadie volvió a las cabañas de altura.

Rafael creció, probablemente tres o cuatro centímetros más. Manolita igual, pero el que se puso grande y fuerte como un tronco fue Cortavientos.

El temor a la peste equina se esfumó, nadie hablaba de ella, pero del que sí tenían todos algo que comentar era de su caballo.

Cuando se subía a él y cabalgaba, a pelo, por la pradera, se sentía muy feliz y era como si acariciara el cielo con sus manos, y más todavía cuando Cortavientos saltaba encima de algo y por unos segundos sus cascos no tocaban el suelo.

O cuando le ponía su silla de montar y el chico se vestía con sus botas de media caña y se encasquetaba el viejo sombrero de ala ancha del abuelo y trotaban por la vecindad.

Algunas veces, Manolita se montaba a la grupa del caballo y los chicos y chicas los miraban felices y los saludaban con cariño.

Sin embargo, nada era comparable a los momentos en que le ponía el sillín de carrera que le regaló su madre por su cumple, y con solo dar unos pequeños golpes en el cuello de Cortavientos echaba a galopar por la pradera como si tuvieran que detener a un forajido, evitar una estampida de toros bravos o detener una carreta al borde de un abismo.

Sentía que tensaba sus músculos, encorvaba el cuello, y su galope uniforme y sonoro también lo llenaba de felicidad.

Corrían como locos hasta notar que sudaba bastante; entonces aminoraba la marcha y llegaban a trote corto hasta la casa. Lo llevaba a la cuadra que su padre le había construido, le quitaba la montura, sus arreos, las bridas, la cabezada y la embocadura y le cubría con una manta hasta que se le iba el excesivo calor del cuerpo.

Se tumbaba junto a él, extraía un libro de su cazadora –se había acostumbrado siempre a llevar uno– y leía un buen rato hasta que su amigo ya estaba descansado, y lo sacaba sin cabezada de filete ni nada al bebedero, donde se tomaba varios cubos de agua hasta que se volvía y le miraba como diciendo que ya estaba completamente satisfecho.

Lo devolvía al establo, le ponía una buena ración de forraje y lo dejaba allí. Cuando estaba a punto de perderlo de vista, le miraba y relinchaba suavemente como si dijera «hasta mañana, León», aunque ya casi nadie le llamaba así, ni siquiera Manolita.

Estas eran las cosas buenas de su caballo, pero... las malas aumentaban cada día.

Su padre dijo que era un travieso perdido y que habría que darle unos buenos azotes. Y su madre, que se comportaba así porque todavía era un caballo joven lleno de energía. ¿Y qué decía Rafael? Qué iba a decir. Él tenía que soportar las regañinas y tratar de deshacer los entuertos, como decía don Quijote.

El deporte favorito de Cortavientos era romper las cercas. Y esto, que no parecía tampoco muy importante, en realidad, en una comunidad de ganaderos, donde casi no hay límites ni con tapias ni con alambradas, sino con las amables vallas de listones de madera que dos veces al año se revisaban y componían, era algo muy grave.

Pues su caballo no solo las saltaba cuando le daba la gana, sino que varias veces había roto las empalizadas a pechazo limpio, es decir, les propinaba golpes de pecho hasta que cedían. Y ya había sido el culpable de alguna fuga de otros animales.

A veces saltaba sobre las cercas como si tuviera alas, perseguía a las terneras y desafiaba a los toros, y se burlaba de sus acometidas con cabriolas que su cuerpo elástico sabía hacer como un maestro.

Siempre que podía estaba corriendo y retozando por el prado. Cuando se descuidaban los pastores, asustaba a las ovejas, daba coces a los perros que salían en defensa de las manadas y los atemorizaba lanzando patadas al aire, pero cuando se acercaban mucho iba a por ellos, y ya alguno había quedado fuera de combate.

Todo eso originaba quejas y las consabidas disculpas de sus padres, los enfados con él y las amenazas para su amigo.

Y para mayor desgracia, Cortavientos había tomado una costumbre que le asustaba.

De pronto se ausentaba un par de días por las praderas de los alrededores, o sabía Dios por dónde, y luego siempre aparecía, con el careto triste, como si no hubiera roto un plato.

Todo eso ya tenía muy enojados a sus padres.

Su padre le dijo con toda claridad que si continuaba así, lo vendería, no ya para que hicieran con él hamburguesas, como decía antes, cuando él era más pequeño y le contaba cosas para tenerle quieto, sino que amenazaba con encerrarlo en un cuartel del ejército de la montaña, donde tenían siempre buena cantidad de caballos.

–Allí aprenderá a golpes a respetar a la gente –afirmó encolerizado una vez, después de pedir las consabidas disculpas y reparar los daños de los vecinos.

–No –insistió su madre–. Si va allí se volverá más terco y le molerán los huesos a palos.

A Rafael se le rompía el corazón. Pensaba en su pobre caballo sometido a torturas por un sargento gritón con brazos fuertes como leños, y eso le llenaba de tristeza.

Alguna vez, al recordar estas palabras y pensar en lo que sufriría Cortavientos, había llorado en silencio, sin que nadie se diera cuenta.

Le había contado a Manolita las amenazas de su padre, y ella un día le dijo que tuvo una pesadilla en la que su caballo estaba vestido de cebra, cargado de cadenas, detrás de unos gruesos barrotes y pedía con relinchos estremecedores su libertad.

Ocurrió que una mañana Cortavientos desapareció durante más tiempo del habitual, y al atardecer del tercer día vieron que, desde lo alto, tres hombres montados a caballo lo traían preso. Cada uno de ellos sujetaba una cuerda atada al cuello de su amigo.

El chico sintió que le temblaban las piernas cuando vio que su padre, enterado de lo que sucedía, entró en la casa, sacó la escopeta y, con ella en la mano, aguardó a que llegara la comitiva.

Manolita estaba con él. Se miraron muy asustados, sin decir una sola palabra, pero imaginando cuál sería la trastada que habría hecho esta vez. Tendría que ser muy grave y, por lo tanto, merecería un castigo ejemplar.

Quiso decir a su padre que no fuera tan riguroso con el pobre Cortavientos, que en el fondo no era nada malo sino únicamente travieso, pero le dio mucho corte cuando se volvió hacia él y ni siquiera le miró. Tenía la cara furiosa y sin duda en su corazón iba madurando la rabia.

Además, no pudo decir una palabra a favor de Cortavientos porque, después de todo, su padre había oído muchas veces sus argumentos en defensa de su ami-

go, y ahora, por pura dignidad, no quiso inventarse otra trola.

A medida que se acercaban los jinetes, su corazón latía como si se hubiera desbocado. Miró a Manolita y la pobre había perdido su color dorado de melocotón, estaba pálida y era toda ojos grandes, de puro susto.

Una mano le cogió del hombro, y Rafael dio un respingo. Era su madre.

–Tranquilo –dijo, tratando de parecer serena–, tal vez no es muy grave.

–¿Y por qué mi padre tiene la escopeta? –le preguntó casi balbuciendo.

–Vamos a ver qué dicen esos hombres –respondió ella.

Al llegar junto a su padre, uno de ellos le llamó por su nombre.

–Sí, soy yo –respondió el padre.

Los tres hombres se bajaron rápidamente de sus caballos y avanzaron hacia él con paso decidido.

«Lo van a agredir», pensó Rafael.

También su madre debió de suponer lo mismo, porque le apretó con fuerza el hombro.

El primer hombre, a un palmo de su padre, estiró los brazos y lo estrechó contra su pecho como si fueran viejos amigos.

Los otros dos hicieron lo mismo. La mujer, Manolita y el chico corrieron hacia ellos.

–Soy el abuelo Jacinto y me agrada conocerle.

–Lo mismo digo –dijo por cortesía su padre–, pero aún no sé qué ha hecho esta vez nuestro caballo.

—Venimos a darle las gracias —dijo el que parecía el hijo mayor del simpático anciano—. Su caballo es un héroe.

Rafael no sabía si reír o llorar. Supuso que a Manolita le pasaba lo mismo porque le miró, quiso decir algo y la palabra se le apagó entre sus labios.

—¿Qué ha pasado? —insistió su padre sonriendo. Sin duda, también él se reponía del contratiempo.

—Un oso mató a dos perros y luego atacó a mi hijo, y este caballo lo defendió y, después de cocear a la bestia, la hizo huir.

—¿Su hijo está bien?

—Sí, tiene solo catorce años, pero ayuda los sábados con las ovejas.

—Yo adoro a mi nieto, ¿sabe usted? Por eso me siento feliz de que este mozo —dijo señalando a Cortavientos— le haya salvado la vida.

—¿Y por qué traen al caballo así…? Como si estuviera preso —se quejó Manolita.

—Es que después de su hazaña escapó y nos dio mucho trabajo hasta alcanzarlo. Nos dijeron que era de alguien de la parte baja de la comarca, y la única forma de devolverlo fue trayéndolo así y preguntando a los vecinos a quién pertenecía.

—Es juguetón y muy brioso —dijo otro de los hombres—, pero también muy valiente.

—Hace dos años salvó de los lobos a una ternera —les dijo Rafael, con un legítimo orgullo que se le subía hasta las orejas.

—¡Vaya tío! —exclamó el tercer hombre.

—Pues aquí lo tenéis, y cuidadlo, porque hasta ahora no me explico qué hacía este buen mozo tan lejos de casa —reflexionó el abuelo Jacinto.

—De vez en cuando se fuga, pero siempre retorna —dijo su padre, mirándole con toda la intención del caso. Y añadió—: Será un héroe, y todo lo que queráis, pero a mí me da muchos dolores de cabeza.

Rafael se acercó a Cortavientos y le palmeó en el cuello. Y mientras los hombres le retiraban los lazos notó que su amigo estaba irritado, nervioso. Tenía las orejas erguidas como dos antenas y en sus ojazos negros había chispas como luceros, estaban muy brillantes.

—Tranquilo, muchacho —le dijo el chico y le acarició los flancos.

Su caballo resopló, reculó con fuerza, le miró nervioso, relinchó con fiereza, los músculos de su pecho se tensaron y levantó las patas delanteras. El vientecillo de la tarde le meció las crines sedosas pero despeinadas, y volvió a relinchar.

Descansó las patas sobre la tierra con estruendo, giró velozmente hacia el prado, encorvó el pescuezo y partió a galope dejando a todos con los pelos de punta.

—¡Joroba, qué tío! —dijo uno de los hombres.

El padre de Rafael intentó perseguirlo.

—Mejor déjelo, está asustado —recomendó el abuelo Jacinto, que parecía que ya le había tomado cariño—. Como lo hemos traído preso, cree que ha cometido algo grave y ahora huye.

–No irá lejos –les dijo Rafael, con la seguridad de que su amigo se desfogaría con la carrera y luego volvería, como alguna vez ya lo había hecho.

Llegó a la barda que limitaba el establo de su familia con el de Manolita, tomó impulso y saltó. El chico tenía el corazón atrancado en la garganta y no supo ya qué decir.

Sus patas delanteras sortearon con toda facilidad la valla, pero con las traseras algo sucedió. Tropezaron con los maderos y Cortavientos reculó como si lo hubieran herido de un balazo y cayó exagerando el apoyo en la pata delantera izquierda.

Trató de erguirse y sortear el impedimento, elevó el cuerpo y de nuevo rodó por el suelo de muy mala manera. Quiso incorporarse y no pudo. Levantó la cabeza y el cuello, desesperadamente, pero una fuerza extraña parecía tenerlo atenazado en el suelo.

Corrieron, descorazonados, porque algo grave pasaba.

Tumbado sobre la hierba, Cortavientos temblaba de rabia. Al sentirlos, volvió la cabeza hacia ellos y resopló con todo su temperamento.

El abuelo Jacinto se hincó junto al caballo y casi en el acto dio su dictamen. Levantó su escopeta y apuntó a la cabeza.

–Se ha roto una pata delantera. No tiene remedio.

Rafael adivinó lo que iba a suceder, pero, mordiéndose las lágrimas, les preguntó:

–¿Qué le van a hacer a mi caballo?

El anciano miró a su padre y le espetó:

–¡Por favor, saque a ese niño de aquí!

–Es su caballo… –balbuceó su padre.

–No hay alternativa –le respondió el hombre.

Rafael se tiró sobre su amigo y se abrazó a su cuello. Cortavientos le miró y el chico vio que en sus ojos también asomaban las lágrimas.

–¡Está llorando! –gritó con los ojos anegados, y no sabía de dónde sacó más garra–: ¡Nadie lo va a tocar! ¡Cortavientos quiere vivir!

Y acunó entre sus brazos la cabezota sudada y buena del animal herido, y estrujó entre sus dedos sus crines de seda.

Las venas de su cuello estaban muy fruncidas y le acarició el pecho como para decirle que no estaba solo. Entonces, en la palma de su mano sintió que su corazón latía rápidamente, vigorosamente.

–No tengas miedo, amigo, no te van a hacer daño –le susurró al oído como si entendiera, y Cortavientos oyó su voz y su plegaria. Recostó la cabeza sobre el césped y aguardó, como un niño herido, a que hicieran algo por él.

Rafael se volvió rabioso hacia los hombres, y creyó que también lloraban.

Manolita tenía la cara hundida en el pecho de su madre, y las dos, abrazadas, también sollozaban en silencio.

Las manos del abuelo Jacinto, como las de un diestro médico, recorrieron la pata mala de Cortavientos. Se detuvo cerca del nudo de articulación del menudillo, analizándolo.

—Si entablillamos pronto, tal vez haya alguna esperanza.

—Es que no sé dónde conseguir tablillas —dijo el padre.

—Vamos a ver —reflexionó el que hacía de médico—, ¿hay en su casa algún catre que tenga los somieres con lamas de madera?

—Sí —respondió Rafael—, en el desván hay un sofá cama que los tiene.

—Pues esos nos servirán.

Su padre corrió a buscarlos mientras todos se acercaban hacia Cortavientos y, como si supiera que estaban con él, volvió la cabeza hacia ellos y Rafael notó que ya no tenía lágrimas, pero sus ojos brillaban.

—Tráigame también un hacha afilada —gritó el abuelo mientras su padre se alejaba.

El hombre no tardó casi nada. El abuelo Jacinto cogió el hacha y, con la maestría de uno que sabe bien lo que hace, cortó las lamas a lo largo y a lo ancho y confeccionó allí mismo unas tablillas.

Luego se arrodilló junto a Cortavientos y, ayudado por sus dos hijos, entablilló la pata mala por la parte de la fractura. El noble animal, que parecía estar perfectamente enterado de lo que se trataba, ni se quejó en lo más mínimo ni se movió. Y cuando la operación concluyó, resopló con alivio.

6 *Salvar a un condenado*

Su padre, el tío Federico y los tres hombres que habían traído prisionero a Cortavientos de la montaña cargaron en vilo a su amigo sobre una carreta y lo transportaron a su cobertizo.

Allí recostaron su cuerpo sobre la paja y lo cubrieron con una manta.

–Ahora lo importante es que se quede quieto al menos unos diez días y entonces podremos ver los resultados –dijo el abuelo Jacinto, mirando a Rafael con alguna pena–: Hazte a la idea de que ya no será el mismo de antes.

–¿Por qué? –quiso saber angustiado.

–Estos accidentes traen consecuencias; por eso es mejor sacrificarlos.

–¿Quedará cojo o algo así?

–No lo sabemos, ojalá no sea de esa manera.

La cara del chico debió de ensombrecerse y tuvo que hacer un gran esfuerzo para que sus ojos no se desbordaran. El abuelo Jacinto también se puso muy triste al verlo.

–Conozco un remedio, de los antiguos, que ha ayudado a algunos caballos... –comentó, y cruzó los brazos y cerró los ojos como si buscara en el sótano de su memoria una fórmula mágica–. Pero debe ser aplicado antes de que pasen cuarenta y ocho horas, dos días.

–¿Y? –preguntó Rafael ilusionado.

Le acarició el pelo, suspiró.

–Es difícil encontrarlo –volvió a suspirar–, y mucho más con los años que tengo.

–¿No podríamos mi padre o yo hacer algo?

–No. Quien lo hace se juega la vida, y es mejor no arriesgarse.

–¿Qué es? Por favor, ¿qué es? –intervino Manolita, que hasta entonces solo se limitaba a oír y mirar a Rafael de vez en cuando con sus ojos cargados de pena.

El abuelo Jacinto puso una cara muy seria y dijo:

–Si lo consigo, lo traeré.

Debió de notar que la desazón crecía y añadió:

–Trataré de conseguirlo..., pero no os prometo nada.

–Abuelo –dijo su padre–, si para encontrar ese remedio uno se juega la vida, es mejor no tentar a la suerte.

El buen viejo sonrió y dijo que ya se marchaba. Su madre le pidió que esperara un minuto, corrió al interior de la casa, envolvió dos quesos gordos y se los ofreció.

Cortavientos estaba tumbado y Rafael junto a él, arrodillado. El chico le dijo:

–Yo te quiero mucho, ¿sabes? Por eso cuando vi que el abuelo Jacinto te apuntaba con su escopeta sentí lo que tú sentías. Y cuando vi en tus ojos esas lágrimas, comprendí lo que soportan los que son amenazados. Tal vez, por haber vivido ese momento, ya he muerto un poquito. Por eso me abracé a tu cuello sin vacilar, porque me pareció que nuestra amistad podía haberse acabado para siempre.

»Ahora no sé si quedarás cojo, si tendrás que arrastrar tu pata enferma como un palomo herido, como uno que vi una vez en el campo, que quería volar y no podía. Y tendré que acostumbrarme a no verte cortando el viento con tu cuerpo afilado, con tus músculos jugando debajo de tu piel y tus venas elásticas y fruncidas, ni tus crines sedosas saltando y flotando como la cabellera suelta de una chica traviesa.

»He oído decir a mi padre que de estas malas caídas los caballos nunca sanan, que les quedan molestias ingratas, que se apartan de sus manadas y se vuelven tristes y rencorosos, que viven solitarios, recordando sus días de gloria, y que terminan mal.

»Pero, ¿sabes, Cortavientos? Nada de eso me importa. Soy tu amigo y ahora que estás malo te quiero mucho, y mañana, si quedas torpe y lisiado, te querré todavía mucho más. Quizás te guste oírme cuando te lea un libro o me acompañes a la colina a contemplar los atardeceres de verano, o simplemente a respirar la brisa perfumada de verde fragante de cualquiera de los miles de tardes noches que pasaremos juntos.

»Sí, yo sé que te duele y que debe de ser un rollo estar todo el día tirado, sin moverte apenas. Pero es algo que te has buscado tu mismo, cabezota. Es que no me haces caso. Yo sé que tú me entiendes perfectamente y antes, cuando te decía estas cosas, pasabas de mí.

»Pero no tienes más remedio que hacer lo que estás haciendo ahora: estarte muy quieto, tumbado de cuerpo entero, con las orejas en punta, los ojos muy atentos y las narices abiertas como si el aire se te acabara, que hasta casi te oigo respirar.

»Si tienes o no tienes alma, como dice Manolita, no estoy muy seguro, y no sé si algún día te irás al cielo donde dicen que se van los perros buenos, pero cuando te hablo estoy seguro de que me escuchas con atención y me comprendes, y eso me gusta.

El caballo se volvió hacia él y relinchó con suavidad. Rafael pensó que le había entendido.

–¿Mamá?

Ella le miró con esos ojos que con toda seguridad eran los ojos más bellos del mundo. Dejó sobre la mesa una pequeña bandeja con los bollos que ella misma le preparaba. Se acercó a él, se sentó y le arregló el flequillo, que siempre se descolgaba por su frente.

–Dime –su voz era tibia como la palma de su mano, que acariciaba la suya–, ¿qué me quieres contar?

–Nada… Digo… ¿será cierto que por buscar la medicina para Cortavientos el abuelo Jacinto se tiene que jugar la vida?

–No lo sé, pero si lo ha dicho, por algo será.

–¿Crees que sea un remedio mágico?

–Mágico, mágico, no creo.

–¿Y por qué?

–Parece un hombre con mucha experiencia y muy práctico. Decía mi abuelo, que en gloria esté, que la magia es para los que sueñan despiertos. Y el abuelo Jacinto parece ser de los hombres que siempre pisan el suelo.

–Y entonces, ¿cómo será la medicina esa que está buscando para mi caballo, si en eso puede írsele la vida?

–Tal vez alguna planta que crece en algún lugar peligroso, en la cima de un risco, en el borde de un desfiladero, o en el fondo de una laguna o algo así.

–¿Y crees que lo conseguirá?

La mujer se quedó muda. Le miró, sus ojos se le iluminaron, sonrió levemente y, a pesar de que estaban solos, le dijo muy bajito:

–Anoche recé para que no corriese peligro.

–¿Has hecho eso por Cortavientos?

Ella asintió feliz, y Rafael se acercó y le dio un beso.

–Gracias, mamá; seguro que lo conseguirá sin que le pase nada.

Estaba emocionada, pero después notó que se ponía triste. Masticó un bollo en silencio y, aunque casi no se resistió a preguntarle si le pasaba algo, esperó a que ella misma se lo dijera.

–Rafael –habló al fin–, no es bueno que quieras tanto a un caballo; tarde o temprano tendrás que alejarte de él. Ya llevas dos días sin despegarte de su lado y estás descuidando otras cosas.

–El pobre está sufriendo… ¡No lo dejaré nunca!

–Niño mío, en la vida nada es eterno. Ni nosotros, ni nadie.

–Ya lo sé, pero él es mi mejor amigo.

Después de la merienda, ella y el tío Federico le ayudaron a limpiar y a peinar a Cortavientos. El pobre estaba lesionado, pero no tenía por qué estar descuidado.

Fue a visitarle Manolita, y mientras conversaban cerca de Cortavientos, desde fuera se oyeron voces. Era su madre.

Rafael salió a la carrera y la encontró parada en el prado, desde donde se divisaba la colina. Al verle, corrió a su encuentro.

–Mira quién viene allí –le dijo, y señaló a dos jinetes que se acercaban en la lejanía.

–¿El abuelo Jacinto?

–El mismo, y posiblemente nos trae el remedio.

–Pero hoy es el tercer día, y quizá no le haga efecto –le dijo repitiendo las palabras del amable anciano.

–Ya, pero por intentarlo...

El abuelo Jacinto estaba muy rasurado y parecía más joven. Les miró con una sonrisa y les saludó con afecto mientras se acercaba.

–¿Ha conseguido lo que buscaba? –le preguntó Manolita.

Asintió con la cabeza mientras desmontaba y miró a la madre de Rafael.

–¿Está su marido? –le preguntó.

–No. Ha bajado a la ciudad.

–No importa –dijo sin perder la jovialidad, y de la parte trasera de la montura desató una bolsa de cuero, como una bota muy grande de vino. La tomó por la parte alta, miró a Rafael y anunció–: ¡Aquí la tengo!

Todos los ojos se dirigieron a la bolsa y, para mayor sorpresa, vieron que algo se movía en su interior. El chico sintió una gran curiosidad, igual que los demás, pero aunque todos querían saber de qué se trataba, nadie lo preguntó.

–Vamos al cobertizo –indicó el abuelo Jacinto.

Y con el remedio en alto se dirigieron en busca de Cortavientos.

Al llegar, el abuelo se quitó el chaquetón, se arremangó la camisa y de un costado del cinturón sacó una navaja campera con la hoja dentada.

–Dos cosas –indicó como si empezara una ceremonia–: por favor, alejaos a varios metros y no os asustéis porque todo lo tengo controlado.

Miró a su hijo y este también se distanció un poco.

El abuelo deslizó sus dedos por entre los nudos que ataban la bolsa. Los desató cuidadosamente. Volvió la abertura hacia el suelo y la aproximó quedando a medio metro de distancia.

De un solo golpe cayó una serpiente grande y gorda, tal vez de un metro y medio. Todos estaban paralizados por la sorpresa.

El animal, medio aturdido, irguió la cabeza. De su boca entreabierta salió como un dardo su lengua bífida, negra y zigzagueante.

El abuelo, de un salto felino la cogió por detrás de la cabeza, la estrujó un poco y la serpiente abrió su tragadera y enseñó sus colmillos, curvos y afilados como dos puñales.

El abuelo Jacinto, de un solo golpe, seco, certero y perfecto, le cortó la cabeza, que voló hacia un lado, mientras él seguía manteniendo atenazado el cuerpo del animal, que se movía como un látigo, de un sitio a otro, igual que si estuviera vivo.

El hijo del abuelo pateó la cabeza de la serpiente hacia un costado, lejos de todos, y en el acto cogió la cola del nefasto bicho, que poco a poco dejó de mo-

verse. Y entonces, con otro tajo maestro, el buen anciano cortó de lado a lado al animal y le despojó de la piel como si mondara una naranja.

Manolita miró a Rafael con la mayor cara de susto que su amigo había visto en su vida.

Los dos hombres se arrodillaron junto a Cortavientos, le levantaron la pata lesionada y enrollaron la piel de la serpiente como si se tratara de una venda. Al trasluz se podía ver que un vaho de calor se desprendía del pellejo del reptil.

Después, pusieron encima una venda normal como la de los jugadores de fútbol.

Nadie dijo esta boca es mía. Eran todo ojos y corazones que latían a cien.

–Bien, esto ya está –explicó el abuelo y sonrió–. La piel casi viva empezará a secarse y se contraerá mientras expulsa un sebo que hace milagros.

Entonces apareció el padre de Rafael, que, posiblemente, había visto la parte final de la operación.

–¿Esta serpiente es venenosa? –preguntó emocionado.

–La que más en nuestro país –le respondió el hijo del abuelo Jacinto.

El anciano entornó los ojos y sonrió satisfecho.

–Hay que pescarla viva sin hacerle el menor daño, por eso quien se arriesga se juega la vida –comentó. Después miró al padre del chico y le dijo–: Ahora, si me invita a un buen vaso de vino, se lo aceptaré muy agradecido.

Y luego se volvió hacia su madre:

–Y a un trozo de ese queso que me dio el otro día, que está buenísimo.

Manolita no pudo más con su ímpetu. Corrió hacia el abuelo, le abrazó y le estampó un sonoro beso en la mejilla.

–Gracias en nombre de Cortavientos –le dijo.

Y todos lo abrazaron con la esperanza puesta en que la medicina, medio mágica, obrara el milagro.

7 *La cabra tira al monte*

Rafael no creía mucho en milagros, pero ese había sido uno. Su hermano dudaba, y dijo con su aire doctoral de alumno de último año de bachillerato adicto a internet:

–Lo que pasa es que la tensión del cuero de la serpiente al secarse produce un gran estiramiento, y posiblemente la grasa que emana tiene alguna sustancia química que hace el resto.

Su hermana sí creía en los milagros, hablaba del extraño poder de las cosas mágicas, los significados y mensajes de los sueños premonitorios, las auras y los carismas que rodean a la gente, las sensaciones positivas y negativas, y alguna vez la había pillado, muy entregada, leyendo el horóscopo.

–Hay pócimas secretas, ungüentos mágicos y curaciones maravillosas que desafían a la ciencia –afirmó muy segura de lo que decía, pero Antonio y Rafael no terminaban de creérselo–. Para mí que el contacto con la serpiente recién sacrificada, bicho repugnante pero el más antiguo de la historia en entrar en contacto con los hombres, según cuenta la Biblia, debe de obrar algún sortilegio extraordinario que hace posible que esto suceda.

«Vaya discurso», pensó el chico.

Estaban los tres acariciando a Cortavientos, puesto en pie, muy erguido y jugueteando con los cascos, brioso y nerviosón, como si quisiera decirles que estaba totalmente sano.

Tenía la mirada transparente y su piel estaba deslumbrante después de la buena limpieza que le habían dado sus hermanos y él.

–Es mágico –se afanó Natalia.

–Que no, chica, andas más despistada que una lechuza a medio día –se empeñó Antonio.

–¿Lechuza yo? –se enfadó–. ¡Mírate con esas gafas y ya me dirás quién parece un búho cegatón!

Cuando alguien era el último de la familia, tenía que soportar el lenguaje florido de todos. Sus hermanos nunca llegaban a las manos, pero de vez en cuando se decían lindezas.

Rafael dibujó la paloma de la paz y trató de terciar:

–Sea como fuese, el abuelo Jacinto lo ha conseguido.

–Los antiguos conocen secretos que el hombre moderno rechaza por su ignorancia –insistió Natalia.

–No me digas –salió Antonio, con su aire burlón.

–Son conocimientos ancestrales, como la curación de Cortavientos, totalmente verificables.

–Solamente los laboratorios tienen capacidad para comprobar una teoría –pontificó Antonio.

Los miró un poco confundido.

–Vaya, aquí hay mucha sabiduría junta –les dijo, y ambos se volvieron hacia él y le miraron de mala manera. Creyeron que se rió de ellos, pero la verdad era que sus palabras raras le molestaban.

De un salto se subió encima de los lomos desnudos de Cortavientos y le dio una palmada cariñosa en el flanco izquierdo. Su caballo salió al trote.

–Vámonos, amigo, antes de que nos crezcan las orejas –le susurró mientras el viento extraviaba en el campo sus palabras.

Exactamente ocho días después, Cortavientos desapareció.

Nadie sabía a qué hora se había fugado, si de día o de noche. Preguntó a unos y a otros, y ninguno lo había visto salir.

Sospechó que había sido al amanecer, cuando el lucero del alba anuncia el día y los gallos, después de alborotar la madrugada con sus cantos, hacen una mínima siesta antes de salir a pasear orondos por el corral.

Una pista le llevaba a esa conclusión y le hacía sufrir.

En el corral habían encontrado al gallo colorado herido de muerte. Había recibido una gran golpe en el cuerpo y todo hacía suponer que no se iba a recuperar.

O sea, Cortavientos, antes de fugarse, se había permitido el lujo de ir al corral de las aves, dio una patada mortal al pobre gallo, lo dejó al borde de plantar el pico, y luego, el muy señorito, puso pies en polvorosa.

Trató de que su padre no se enterara, pero el tío Federico, que le ayudaba en la indagación, sin querer, se lo había dicho.

Ascendió hasta la colina cercana, al pie del pinar, desde donde se divisaba buena parte del valle. Manolita le descubrió y fue corriendo a toda prisa, le llamó por su nombre y le pidió que la esperara.

Llegó hasta él, jadeante.

–¿Estás haciendo *footing* o algo así? –dijo ahogando el resuello.

–Se ha vuelto a escapar Cortavientos –le soltó a secas.

–¿Ha hecho alguna trastada?

–Ha noqueado al gallo colorado y se ha fugado.

Sin decir una palabra, ascendieron algo más hacia la cima de la colina. Divisaron buena parte de la comarca y no había el menor rastro del fugitivo.

Aspiraron con fuerza. El viento helado y purísimo traspasaba sus cuerpos y, por un instante, los transportaba hacia el espacio infinito.

Pero Manolita, con una mirada severa, le volvió los pies a la tierra.

–Por lo visto nuestro amigo no conoce de actos de contrición ni de arrepentimiento.

–Pues no.

–¿Y tu padre ya lo sabe?

–Sí, y cuando me encuentre me dirá que Cortavientos tiene las horas contadas.

–Ya, y cumplirá su amenaza.

Se calló. Hubiera querido decirle que le pediría a su padre, una vez más, que perdonara a Cortavientos, pero su caballo ya estaba superamenazado. Por castigo sería vendido al cuartel de montaña.

Decían que allí adiestraban a los soldados díscolos y a los caballos montaraces con todos los rigores, hasta volverlos muy dóciles.

–Cortavientos no es montaraz –dijo Manolita.

–No, es travieso, y ahora le ha tomado el gusto a escaparse de casa por unos días.

Miraron a un lado y otro, y nada. En la lejanía, la bruma les borraba los rastros mientras los verdes se volvían más pálidos cuanto más se alejaban.

–Lo mismo está por aquí cerca, entre los matorrales del bosque, y hasta nos ha visto y se está riendo de nosotros –supuso Manolita.

–Si lo pillo le doy –dijo Rafael, y recogió del suelo una vara pequeña.

–¿Qué? –se intrigó Manolita.

–Mentira, yo no podría tocarle un pelo a Cortavientos.

Se sentaron sobre la hierba húmeda; estaba mullida y olorosa, pero se levantaron casi en el acto para no mojarse la ropa. Y sin decirse una palabra, empezaron el retorno.

Al llegar a la valla que separaba sendas tierras, Manolita se aproximó y le dio un inesperado y sonoro beso en la mejilla.

–¿Y eso por qué? –le preguntó algo cortado.

–Para desearte suerte con tu padre –dijo. Se volvió camino de su casa, y unos pasos adelante añadió–: ¡La vas a necesitar!

Caminó deprisa al gallinero. Quería enterarse de cómo evolucionaba la salud del malherido gallo colorado.

Al verle, las gallinas armaron jaleo. Gritaron asustadas las que estaban en los ponederos, pues creían que había venido a quitarles la tranquilidad.

Buscó por un lado y por otro; tampoco encontró al gallo víctima de la agresión.

Salió rápidamente de allí y se tropezó con su hermano Antonio.

–¿Te pasa algo? –preguntó al verle alborotado.

–Busco al gallo colorado.

Dio una carcajada, y a él eso le puso furioso.

–Está en la morgue –dijo, y se tapó con dos dedos la nariz, solo por molestar.

Corrió a la cocina y encontró a su madre. Ella le vio y movió la cabeza como si Rafael tuviera algo que ver con lo que estaba pasando.

Sobre la mesa de granito yacía el cadáver del difunto; totalmente pelado, parecía más flaco, y sin una pluma de su arrogancia, que por buen tiempo le hizo sentirse el gallo más pintón del gallinero de la familia.

–Pobre –dijo, porque realmente le daba pena verlo así, y sin duda puso su más lamentable cara de perro triste.

Su madre dejó lo que estaba haciendo, le cogió del hombro.

–Tampoco es para tanto –dijo–. Al menos ya tenemos ave para la comida. Voy a preparar un buen escabeche para que nos suba la moral.

–¿Dónde está mi padre?

–En su despacho. Él también quiere hablar contigo.

Salió de la cocina y para llegar al despacho de su padre, que en realidad era una pequeña caseta pegada al almacén donde empezaba la vaquería, debía atravesar un pedazo del prado que le encantaba mirar porque estaba en la parte alta.

Pero aquel día no. Sus pensamientos iban de un lado a otro y ya no sabía qué excusa inventarse para tratar de que el castigo de Cortavientos no fuera tan riguroso.

Aunque ya sabía que la sentencia era venderlo para que sirviera a la tropa, porque, según había insistido su padre, era el único lugar donde podrían corregir a su caballo de las manías de andar metiéndose en líos cada vez más gordos. Tal vez, el plazo había llegado ya.

De pronto se paró en seco. A lo lejos, en la parte baja, hacia la vaguada que daba al riachuelo, había relinchado un caballo.

Miró bien y... era Cortavientos.

Instintivamente gritó su nombre y le saludó con la mano en alto. Su amigo sabía que lo había descubierto, dio un pequeño trote, refrenó su carrerilla y levantó las patas delanteras y las movió en el aire como si le llamara.

Dudó por unos instantes. No supo si correr hacia él, que había vuelto, o ir a conversar con su padre, que debía de estar aguardándole furioso.

–Cortavientos, amigo, hay que jorobarse.

Y caminó hacia donde le aguardaba su padre.

Estaba sentado, con los codos apoyados sobre su escritorio. Tenía los ojos puestos en unos papeles y ni siquiera dejó de mirarlos cuando le sintió llegar.

–Has subido a la colina y no avisaste a nadie de que ibas –comentó sin regañarle, pero con mucho rigor.

–Sí...

–Lo mismo tu caballo te está contagiando la mala costumbre de escaparse de vez en cuando.

–No. Fui a buscarlo, pero ya ha regresado.

–Es que lo han corrido a tiros, por eso ha vuelto.

Se quedó mudo. ¿Y si lo hubieran matado? ¿Y si estuviera herido? ¿Y qué habría hecho Cortavientos para que alguien le disparara? No, no, felizmente no parecía estar herido.

–¿Quién le ha disparado, papá?

–El señor cura.

–¿Qué?

–Pues eso. Dice que ha cometido un abominable y lacerante estropicio.

«Y por qué demonios todos hablaban ese día con palabras raras», pensó Rafael.

–No entiendo.

–El famoso Cortavientos, muy de mañana, sintió cantar al gallo colorado, se metió en el corral de las gallinas, zanjó de una patada mortal su vieja enemistad con el susodicho y lo dejó fuera de combate, luego saltó olímpicamente la valla, como de costumbre, y se fue a trotar hasta cerca de la iglesia, se metió en el jardín del cura y se tragó sus mejores flores. Fue entonces cuando el padre Carlos lo descubrió, cogió su escopeta y lo corrió a tiro limpio.

–¿Y cómo sabes todo eso?

–Acabo de hablar con el padre Carlos. Él me ha llamado. Toda la comarca conoce a tu caballo y si no paro esto ahora, mañana podemos lamentar alguna desgracia.

Se quedó mudo otra vez. Su padre le miró a los ojos. Supo que tenía pena, pero también estaba convencido de que tenía que ser inflexible.

–Hoy es sábado... El lunes hablaré con el comandante del cuartel para que venga a llevarse a tu caballo.

–¿Por cuánto tiempo? –le salió la pregunta, no sabía de dónde.

–Para siempre. Venderé a Cortavientos.

Nuevamente quedaron mirándose a los ojos. Él había fruncido levemente el ceño y se pronunciaban las arrugas de su frente. Su padre era joven, pero parecía mucho mayor cuando se enfadaba o estaba triste. En ese momento le pasaban las dos cosas, pensó Rafael.

–Pero es *mi* caballo y tú no lo puedes vender.

Entrecerró los ojos.

–*Tu* caballo, es verdad. Si quieres puedes coger otro –le escrutó con la mirada–, o si lo prefieres te pondré en una cartilla el dinero que me paguen.

Esas palabras le hicieron daño.

–Eso no me importa. Yo quiero a Cortavientos.

–No insistas, ese caballo ya no estará en casa cuando termine la próxima semana.

Montó a pelo a Cortavientos y pasearon lentamente por la parte baja del prado. Hacía un día tibio, maravilloso. La humedad del rocío se evaporaba y endulzaba el aire. Llegaron al pie de un árbol al borde de la vaguada.

Rafael desmontó, se tumbó sobre la hierba y, al verle, su caballo también se sentó sobre sus cuatro

patas y jugueteó con la cabeza como si quisiera animarle.

–Tal vez sea culpa mía por haberte consentido tanto –le dijo, y Cortavientos irguió las orejas muy atento a sus palabras–. Me han dicho que si a la primera de tus barrabasadas hubiera cogido una rama y te hubiera sacudido un poco en las costillas, habrías entrado en vereda y no sucedería esto.

Pero no, Rafael cada vez se convencía más de que aquella no era la solución.

–Quién sabe, quizá debí conversar más contigo. Decirte cosas y regañarte cuando desde pequeño te enemistaste con el gallo colorado, y ya ves dónde han ido a parar las cosas. «Él a la morgue y tú al destierro», como diría mi hermano Antonio.

Cortavientos volvió la cabeza y lanzó un relincho breve.

–Sí, ya sé que tú protestas. Pero es verdad. Mira a Borodino, mi padre no se anda con chiquitas con él y es un buen caballo. Es noblote, fuerte y valiente.

Con los belfos entreabiertos, Cortavientos resopló y volvió a quejarse.

–Ya, ya. No quiero compararte con él. Tú naciste para campeón y no hay concursos. Tú corres como el viento y tampoco hay competiciones de velocidad. Tú eres un héroe desde muy joven y lo seguirás siendo, pero de eso se olvidan todos a los tres días si haces alguna travesura. Seguramente también si vas al cuartel de la montaña harás alguna proeza, pero muy poca gente como yo te comprenderá.

De improviso, Cortavientos se puso en pie y jugó con su cabeza subiendo y bajando el cuello con la mirada puesta en el horizonte.

–¿A quién has visto?

Miró hacia la parte alta y era Manolita, que posiblemente ya los había descubierto y subía a buscarlos.

De un salto montó en su caballo y corrieron a su encuentro.

A Manolita le contó toda la historia en pocos minutos.

–¿Te imaginas cuánto significará para el pobre Cortavientos que lo acuesten y lo levanten a golpe de corneta mucho antes de que amanezca? ¿Y que si se pone remolón, un sargento furriel, de una patada o de un latigazo, lo ponga más derecho que una vela? ¿O que tengan que ponerle encima del lomo las pesadísimas cargas con las que se abastecen los que viven en los cuarteles de la montaña?

–¿Y tú cómo sabes todo eso?

–Lo he leído... lo he visto en televisión, y también... me lo supongo.

–Sufrir... va a sufrir mucho.

–Y nosotros también, sabiendo que el desdichado lo pasará tan mal.

–¿Y qué vamos a hacer?

–Todo, menos lo que estamos haciendo.

–No te entiendo.

–Nos estamos lamentando, y lo que debemos hacer es ponernos manos a la obra y buscar alternativas para encontrar soluciones.

–Ay, Dios, Manolita, cómo me levantas el ánimo.

–Si es necesario salvarle de una vida perra porque el pobre es travieso, y para enderezarlo le van a dar duro, lo mejor es tratar de venderlo nosotros, pero en algún lugar donde haya grandes espacios, pampas, llanuras, sabanas.

–Sí, como en América. ¿Crees que en América alguien querrá comprar un caballo como este?

–Pues sí, hay grandes ganaderos americanos que podrían ayudarnos. En Estados Unidos, México, Brasil o Venezuela, que compran los mejores caballos españoles para desarrollar sus picaderos. Y esto sí lo sé de buena tinta, porque unos amigos de mi padre venden sus caballos. No sé cómo, pero algo puedes intentar.

«¿Venezuela?», pensó. «Allí vive mi amiga Marinela y sus padres son ganaderos; lo mismo puedo intentarlo y salvar a Cortavientos, pero ¿cómo llego hasta donde están ellos?». Y siguió pensando qué haría para buscar ayuda.

A Manolita nunca le contó lo del perfume, ni le habló de los ojos, ni de su amistad furtiva con la chica venezolana. Es que ella tampoco le contaba nada de lo que hacía durante los meses que pasaba en San Sebastián, durante el verano.

Aquello, posiblemente, debía de ser una falta de comunicación, como decía la maestra.

–Bueno, chico, me voy; veo que te has quedado pensativo.

–No, disculpa…

–De todas maneras, ya es tarde. Adiós.

–Adiós.

8 ¿Está la salvación al otro lado del mar?

Buscó a su padre porque era el único que podía darle alguna pista segura.

Le vio venir a través de la ventana de su pequeño despacho, le sonrió pero sospechó que también había descubierto su cara angustiada, y se puso serio.

–¿Te acuerdas de la chica venezolana que conocí en la cabaña de altura?

–Sí, la recuerdo –sonrió de nuevo y dijo–: Yo creo que tú la recuerdas un poco mejor que yo.

–Supongo –le respondió.

–¿Qué pasa con ella?

–No lo sé –le dijo. Su padre le miró algo sorprendido, y antes de que fuera a decirle algo que pudiera cortarle, continuó, porque Rafael en esos casos era un poco timidillo, como todos–. Es que quiero comunicarme con ella, y tal vez tú puedas conseguir su dirección… Si se lo preguntas a los parientes que tiene por aquí cerca.

El hombre dudó unos instantes. Arrugó el entrecejo. Tal vez, el chico lo estaba poniendo en un apuro.

–Bueno, bueno, si no puedes tampoco pasa nada –trató de salvar su pellejo.

–Que no, chaval –le dijo–, es que estaba pensando dónde tengo el número de teléfono de sus parientes, porque... vamos a ver, una vez me dieron una hoja de agenda que yo guardé... –y se puso a revolver una agenda gorda donde él almacenaba muchos papelitos con apuntes, direcciones y otras cosas.

Buscó y rebuscó hasta que al cabo de un tiempo lo encontró, le sonrió, y en el acto llamó por su móvil.

Y consiguió contactar con uno de los tíos de Marinela. Su padre le explicó que en la cabaña de altura, Rafael conoció a su sobrina que había venido de Venezuela, «sí, sí, hacía dos años», y que ahora quería comunicarse con ella, y que si podía darle su dirección.

–Bien, anoto –dijo finalmente.

Y comenzó a escribir hasta que se paró y preguntó:

–¿Arroba? –interrogó, y el otro señor algo le contestó y concluyó–: Ah, ya entiendo. Bueno, saludos a todos y gracias.

–¿Algo falla?

–No. Es que se trata de su dirección de correo electrónico.

–¿Por *e-mail*...?

–Sí, si le pides a Antonio que te ayude, podrás comunicarte con ella hoy mismo.

–Choca esos cinco –le pidió, y se dieron con la palma de la mano.

Le apuntó en un papel la dirección y se la entregó.

–Suerte –le dijo mientras Rafael salía disparado de su despacho.

Antonio copió la dirección en el ordenador y la fue leyendo en voz alta:

–marinelamiranda@hatoarriba.venez.com –carraspeó, algo socarrón–. Bien, la dirección ya está. Ahora dime qué quieres decirle.

Y Rafael, que en un caso como aquel seguro que se habría cortado, se dio ánimos y le empezó a dictar:

–Hola, Marinela: soy León, el chico que conociste hace dos años en la cabaña de altura cuando viniste a España. Hoy he conseguido tu dirección y te escribo porque tengo un gran problema con alguien que tú también conociste y aplaudiste: se trata de mi caballo Cortavientos. El pobre está condenado a muerte...

–Eso suena muy fuerte, ¿no? –le interrumpió Antonio.

–¿Y entonces qué le digo?

–Ponle que el pobre está en capilla, que ya tiene los días contados o algo así.

–¿Eso no suena más fuerte?

Antonio juntó los labios y se alzó de hombros.

–El pobre... no, ponle: «En menos de una semana los soldados se van a llevar a mi caballo al cuartel de la montaña porque mi padre ha decidido venderlo, ya que, aunque es un héroe reconocido, no deja de ser un travieso incorregible. Me ha dicho que en el cuartel lo van a moler a palos si no acepta la disciplina militar». Punto y aparte.

–Bien.

–Punto y aparte y sigo: «Lo que yo quiero pedirte, y por eso te escribo, es que me he enterado de que muchos ganaderos hispanoamericanos compráis ganado de España para cruzar las razas, y tal vez, si nos esmeramos un poco, podríamos conseguir que te lleven a Cortavientos y así lo podrías cuidar y evitar que me lo maten a golpes. Tú lo conoces, sabes lo guapo que está y lo valiente que es, hasta como para pelearse con lobos hambrientos. Ojalá puedas ayudarme a salvar a mi caballo». Aparte.

–Aparte.

–Perdona que te escriba para pedirte un favor, pero no tengo otra alternativa. Supongo que también habrás crecido en estos dos años, seguirás tan guapa, simpática y oliendo como todas las flores del mundo. Muchos saludos para tus padres, y tú recibe un abrazo y un beso de tu amigo León.

–¿Cómo, eso de «león» ya no se acabó al terminar el curso?

–Ella me conoce con ese nombre. Si le digo que soy Rafael me puede confundir.

–Bueno, bueno, eso es cosa tuya. Ahora yo le pongo la dirección de mi correo electrónico, cerramos el *e-mail*, le decimos que lo envíe a esta dirección, lo enviamos, y a esperar que lo lea pronto y nos dé una respuesta.

–Gracias, Antonio.

–De nada –le dijo seco, como de costumbre, y luego le miró–. ¿Y por qué no me contaste que te echaste una amiga extranjera en la cabaña de altura y que es guapa…? Oye, oye, ¡qué bien guardado te lo tenías!

–No te lo conté porque, tal vez, no me hubieras creído.

–¿Ah, sí? ¿Y cómo es ella?

–Ahora tiene dieciocho años, es muy guapa, tiene los ojos que le cambian de color según lo que mire y huele como todas las flores del mundo juntas…

Antonio le observó, parpadeó como para aclararse la vista y dijo finalmente:

–La verdad… es que no me lo creo mucho.

Tal y como fueron las cosas, no le quedó otra alternativa que contarle a Manolita la historia de Marinela.

–¿Y cómo es de mayor? –le preguntó, frunciendo levemente el morro, tratando de aparentar que aquello no tenía la menor importancia para ella. Pero en el acto la notó algo nerviosilla y Rafael no se explicaba por qué.

–Uff, es una chica muy mayor –trató él también de quitarle importancia al asunto.

–¿Cuántos años tiene? –insistió.
–Nos dobla en edad a ti y a mí.
–Ah –remató la chica elevando la nariz–, entonces ya es una vieja.

No supo qué contestarle, y asintió con un rápido movimiento de la cabeza.

–Ahora lo importante es que conteste, y acepte, y que realmente nos ayude –intervino de nuevo ella.

–Sssí –dijo silbando la ese.

Y pasaron juntos el resto de la tarde, sentados sobre un tronco en el prado cercano a su casa, conversando sobre muchas cosas y también leyendo fragmentos de un libro que les habían recomendado en el colegio, y del cual tenían que entresacar algunas preguntas, porque, según dijo la profesora, había iniciado las gestiones para que el propio autor del libro viniera un día a visitarlos y tener un encuentro con sus lectores.

Aquello sí los llenaba de ilusión porque el año anterior sucedió que, después de leer el libro, seleccionar las preguntas, acondicionar el aula para que viniera una autora, ella, a última hora, suspendió el viaje y los dejó a todos con las ilusiones por los suelos.

Y eso avivó su curiosidad por conocer esta vez al autor, pero, como dijo la seño, estaban haciendo las gestiones y no había nada seguro, aunque sí muchas posibilidades.

De pronto Manolita se le puso delante, le miró fijamente a los ojos. Rafael tembló por dentro porque aquello significaba alguna cosa seria.

–Oye –le dijo–, quiero que me respondas sinceramente...

El chico tragó saliva. Abrió los ojos más de la cuenta y aguardó con inquietud la pregunta.

Manolita no dijo nada por unos segundos, y aquello sí que le puso un poco nervioso.

Le volvió a mirar, frunció levemente el entrecejo y la nariz, y dijo:

–Si Cortavientos se marchara a Venezuela, ¿tendrías que irte tú también?

Titubeó unos segundos y le respondió:

–No, se trata de salvarlo a él... no a mí –y sintió que algo le apretaba la garganta.

Entonces sonrió y le tomó una mano.

–Pero algún día, si pudiésemos, iríamos a visitarlo, ¿verdad?

Se le deshizo el nudo que se le estaba formando y le respondió:

–Claro, sería muy guay ir a visitarlo.

En la puerta de la casa apareció Antonio. Los miró, puso las manos en forma de bocina para que nadie se perdiera detalle y dijo a voces:

–¡Parece que tu guapa amiga venezolana ha desaparecido...! ¡No llega ninguna respuesta!

Manolita le miró, inquisidora:

–¿Y cómo sabe Antonio que es guapa? ¿La conoce?

–No tiene la menor idea de cómo es –mintió–. Lo dice por jorobar.

–¿Es guapa? –le preguntó Manolita.

Y Rafael volvió a mentir:
—Ni fu ni fa.

Vio de cerca cómo Antonio estuvo, cada cierto tiempo, revisando su correo electrónico para ver si llegaba la respuesta de Marinela. Pero la ansiada contestación no entraba en el ordenador.

Al chico se le iba llenando la cabeza de interrogantes por la tardanza de la respuesta. Y corrió a preguntárselo a su hermano.

—¿No será que hemos enviado el *e-mail* a una dirección equivocada?

—No, chaval —dijo muy grave—. Como yo tengo tu carta grabada aquí en el disco duro, la he vuelto a enviar y el ordenador contesta que la dirección existe, que la comunicación fue ejecutada y que tu carta llegó a su destino. Ahora lo que no sabemos es si tu amiga la ha leído o no.

—¿Y por qué?

—Porque eso ya es una decisión personal suya. Es como si te llega un sobre: si tú quieres, lo abres y lees el contenido, pero si no, lo tiras a la basura y asunto arreglado.

Esas últimas palabras sí que le llenaron de angustia. Era verdad. En el fondo, su amiga del otro lado del mar no tenía la obligación de leer su carta y darle una respuesta, y mucho menos tomarse el trabajo de preguntar a sus padres y a las autoridades si era posible llevar un caballo a tantos miles de kilómetros.

Comprobó, una vez más, que la suerte del pobre Cortavientos estaba echada por la estupidez de ser un travieso incorregible, y también las ilusiones de quienes se habían encariñado con un caballo y lo consideraban y cuidaban como si fuera un verdadero amigo. Porque, bien mirado, nadie en el mundo...

–¿Y ahora qué te pasa? –le preguntó Antonio, interrumpiendo sus pensamientos.

–¿Por qué? –le repreguntó él, un poco asustado.

–Estás poniendo una cara de náufrago...

–Pues la verdad es que el pobre Cortavientos ya está con el agua al cuello y nadie hace nada por salvarlo.

–Rafael –endureció el rostro, e insistió–, nadie puede hacer nada, entiéndelo bien, nadie en esta casa.

No supo qué responderle. Sintió ganas de llorar, pero se contuvo. Algo le oprimió la garganta y escuchó que su corazón se aceleraba.

Su hermano se puso de pie, se acercó, le abrazó –y eso era muy raro en él, porque Antonio siempre iba a su bola y parecía que los demás no le importaban nada–, le acarició el pelo.

–Si es algo inevitable, no tienes por qué sufrir –dijo, y le volvió a abrazar–. Sé que hay dos yeguas por parir. Escoge otro pequeño Cortavientos y quiérelo como si fuera el grande.

–¿Tú harías eso? –le dijo, y sin poder evitarlo sintió que una lágrima le resbalaba por la cara.

–No lo sé –respondió–. Al menos haría la prueba.

–Antonio –le dijo haciendo un pequeño esfuerzo, porque las lágrimas tenían la mala costumbre de atar un poco las palabras–, Cortavientos es único; los potrillos que nazcan necesariamente serán otros.

Su hermano le miró angustiado.

–Es verdad, chaval –dijo–, no hay dos amigos iguales en el mundo... Perdona.

Y salió de su habitación. No quería que le siguiera viendo llorar, o tal vez prefería ir al prado y contemplar en la distancia a su amigo Cortavientos, que presintió su presencia, levantó la cabeza y relinchó blandamente como enviándole un saludo.

–Si entra la respuesta, te llamo –oyó que gritaba su hermano a su espalda, desde lejos.

9 *No hay plazo que no se cumpla*

CAÍA la tarde y Manolita no había venido a visitarle. Una suave bruma se deslizaba por la pradera y los vaqueros recogían el ganado para dejarlo en los establos. A lo lejos, ladraban los perros y en el cielo se prendían los luceros.

Abajo, hacia el riachuelo, alguien había encendido una pequeña fogata y, mientras entraba la noche, la candela parecía quererse defender a dentelladas de la oscuridad.

De pronto, los dos faros potentes de la camioneta de su padre rompieron la penumbra y cruzaron la valla. Se dirigió raudo a la puerta de la casa. Se detuvo, salió rápidamente y entró en el salón como si llevara prisa. Rafael corrió hacia él para saber si traía alguna noticia.

Lo encontró conversando con su madre. Al verle llegar, los dos fueron hacia él.

–Tienes que ser valiente, Rafael –dijo su madre.

El chico los miró adivinando la noticia, pero no se atrevió a comentarles nada.

–Pasado mañana vendrán a llevarse a Cortavientos –dijo su padre, le miró muy circunspecto y Rafael descubrió en sus ojos que también sentía una gran pena–.

He hablado en la ciudad con gente del cuartel de la montaña, y me han aceptado la oferta. Ellos necesitan buenos caballos.

Él siguió mudo. No sabía qué decirles. Después de todo, durante los últimos días no habían hecho otra cosa que hablar de aquello.

Miró a su madre y también tenía los ojos húmedos, a punto de llorar.

Lo que menos le gustaba en el mundo era ver llorar a su madre.

Hizo un esfuerzo que no sabía de dónde le salió:

–Estoy un poco cansado, me voy a mi habitación –se volvió y salió corriendo.

–Pobrecito mío –oyó que dijo su madre a sus espaldas con la voz quebrada. No se detuvo hasta llegar a su cama y tumbarse, con la cara enterrada entre sus manos.

Nadie fue a verle, y él lo prefirió así. Su habitación estaba con la luz apagada y por los cristales se filtraba una tenue claridad de la noche.

Se puso en pie, caminó hasta la ventana y apoyó su frente en la ventana. Qué noche tan extraña, no la olvidaría nunca. Ni bruma, ni neblina, ni luna, pero estaba clarísima y las estrellas en el cielo parecían haber crecido.

–Marinela, ¿por qué no respondes? –dijo en un susurro.

Tal vez ya ni recordaba su amistad, quizá toda la rápida simpatía no pasó de una delicada cortesía que tuvo ella para celebrar su felicidad al ver a Cortavientos triunfador. Y en la oscuridad, sin la luz del día, ¿de qué color serían los ojos de Marinela? Tal vez tenían la extraña claridad de aquella noche.

Y en medio de esa penumbra, oyó su nombre como un aullido:

–¡Rafael!

Se espabiló rápidamente.

–¡Rafael, te llama Antonio! –gritó a su vez Natalia.

Salió corriendo y ya en el pasillo volvió a oír el rugido de su hermano.

Llegó a su habitación y le recibió alborozado.

–Ha llegado tu respuesta –dijo, manipulando el ordenador–. Si quieres te la imprimo, ¿o prefieres leerla en pantalla?

Corrió hasta la pantalla y ahí estaban las letras añoradas:

Querido León:
Lamento no haberte respondido antes, estuve fuera de casa varios días y no pude leer tu mensaje. He averiguado con mis padres lo que me pides, y te prometo que en otro tiempo y otras circunstancias, hubiera movido el cielo y la tierra por complacerte. (Yo soy hija única y mis padres casi siempre andan con ganas de cumplir mis pequeños caprichos), pero existe por parte del gobierno una tajante prohibición de importar todo tipo de ganado de Inglaterra, Alemania, Francia, España y Portugal. Y cuando te digo «todo tipo de ganado» no me refiero a edades o razas, sino

a que ni vivos ni muertos. ¿Sabes? Se habla de peste porcina, de peste equina, del mal de las vacas locas y ahora hasta de la fiebre de los pollos. Además, también está prohibida la importación de algunos derivados lácteos como los quesos que producís vosotros, y que son una delicia. Aquí en Venezuela, como sabes, hay mucho ganado vacuno, pero los quesos vuestros son cosa aparte, y también unos yogures que no tienen conservantes y pueden guardarse hasta tres meses sin refrigeración. Todo eso está prohibido.

Tú no sabes la pena que sentí, y siento, por Cortavientos, a quien solo vi la noche que hizo correr a los lobos por defender a una ternera y que se convirtió en héroe. Vivir esa experiencia fue para mí una de las cosas más bonitas de mi vida, y claro, gracias a eso pude conocerte, conversar contigo varias veces, y tenerte siempre en el recuerdo, y en el corazón, como un amigo muy querido de la tierra de mis padres.

Querido León: sé que debe dolerte mucho la partida de Cortavientos. Yo también tuve un caballo, llamado «Gitano», era un pura sangre, al que quise, desde que fue muy joven, con verdadero cariño. Una tarde, por travieso y retozón, se rompió la pata delantera y mi padre dijo que no había otra solución que sacrificarlo, allí mismo, para que no sufriera, y aunque yo lo quería muchísimo, pero muchísimo, y lloré como una desesperada, no tuve otra alternativa que aceptar que así fuera, y hasta hoy lo recuerdo. Pero, ya te digo, a veces en la vida hay cosas que no tienen solución y hay que saber admitirlas con valor, y ahora es el momento de que te demuestres a ti mismo, a tus amistades, y a esta, tu amiga lejana, que no en vano te llamas León. Anda, haz honor a tu nombre y sé valiente.

Cualquier año de estos me pasaré por España y te prometo que te visitaré. Mientras, recibe muchos besitos, cariños y abrazos de tu amiga,

Marinela.

Por ciertas ideas personales, a Rafael no le gustaba que una chica le viera llorando. Pero esa vez, cuando le contó a Manolita la respuesta definitiva de Marinela, advirtió que tenía la cara mojada.

Se enjugó las lágrimas deprisa, con las yemas de los dedos, y volvió la espalda a su amiga. En ese momento sintió que ella le abrazaba sollozando.

Lloraron juntos como dos niños pequeños y no se arrepintió, ni le dio reparo decirlo. Nunca había sentido que alguien compartiera de esa forma su pena.

Entonces comprendió que Manolita era mucha Manolita.

–Tenemos que hacer algo, ya.

Asintió todavía conmovido.

–Durante estos últimos días he ido pensando en un plan alternativo.

–¡Dímelo!

No sabía por qué, pero dudó un instante. Ella insistió:

–Si tienes que hacer algo, yo también quiero participar.

–Es que... es arriesgado y no quisiera que te regañasen por mi culpa o algo todavía peor.

Manolita le tomó de ambos brazos.

–Rafael, de una vez por todas, si tienes previsto algo, yo quiero participar.

Tenía la mirada serena, pero había una extraña energía en sus ojos que le hizo retroceder en su propósito de llevar a cabo él solo su plan definitivo.

Y no le quedó más remedio que contárselo con pelos y señales, sin omitir su preocupación de que si alguien los descubría todo se iría a la porra.

–No se irá –dijo finalmente–. Me parece una idea estupenda y se me acaba de ocurrir una cosa que puede ayudar a que el plan no falle.

–Es que, te repito, no quiero comprometerte ni comprometer a nadie.

–Y yo también te repito que sé muy bien cómo ayudar.

Chocaron los cinco con energía. Le dio el consabido beso sacacorchos en la mejilla y se fue.

10 *El camino del adiós*

Por no despertar a nadie, no conectó la alarma del despertador, aunque de muy poco le hubiera valido, porque no durmió en casi toda la noche.

Cuando marcaba el reloj las cinco en punto de la madrugada, empezó a desarrollar el plan definitivo. Echó a un lado las mantas, se vistió deprisa y sacó de debajo de su cama la mochila, se la colocó en la espalda y salió de su habitación lo más silenciosamente que pudo. Abrió la puerta con mucho sigilo, cruzó el umbral y, cuando se disponía a volver a cerrar la puerta, escuchó una voz:

–¡Rafael, espera! ¿Se puede saber qué estas haciendo?

Se quedó petrificado. Se volvió y vio a Antonio, que también se había levantado ya y venía hacia él.

–Yo… –dijo titubeando.

–Mira, chaval, no me mientas, no me pienso chivar, pero si vas a cometer una tontería es mejor que reflexiones.

Se armó de valor y se lo contó todo:

–Voy a llevar a Cortavientos al campamento de la montaña; luego le haré subir al monte del lago para que se junte con unos caballos cerriles que viven allí solos y sin molestar a nadie.

–¿Y quién te ha dicho semejante cosa?

–Nadie. Yo mismo los vi, con papá. Son caballos que se han fugado, no tienen dueño y viven allí sin que nada los moleste.

–Vaya, eso es una locura –dudó su hermano.

–No es una locura –le dijo con rabia contenida–. Locura es perseguir a los caballos inocentes porque son traviesos.

Antonio le miró unos instantes. En la semioscuridad pudo distinguir su rostro adusto, mezcla de sueño y enfado.

–Tienes razón –dijo–, es una locura perseguirlos, pero en el caso de tu caballo, tiene una psicología muy especial que nunca podremos enmendar nosotros, y quién sabe, con un poco de suerte será todo diferente, y además debemos protegernos porque cualquier día puede provocar algo irreparable. No queda otra alternativa.

–Cortavientos es un caballo normal –afirmó Rafael, muy convencido de lo que decía, y sintió que le quemaba la garganta y que los ojos se le iban a desbordar.

–Lo sé, lo sé, pero ya ves, papá ha tomado una resolución definitiva.

–Por eso me lo voy a llevar a la montaña y lo dejaré allí.

–Pero Cortavientos no conoce ese mundo y se morirá.

–¡Qué dices! ¡Cortavientos, cuando era dos años más joven, ahuyentó a tres lobos que querían comerse a una ternera! También hizo huir a un oso. Es un caballo valiente, sabrá defenderse y sobrevivirá.

Antonio volvió a quedarse unos segundos meditando.

–No sé qué decirte –dudó.

–Simplemente no digas nada a nadie mientras le llevo a la montaña.

–Nunca he sido un chivato.

–Gracias –le respondió, y trató de salir, pero en ese momento, Antonio dio un salto y le cogió de la mochila.

–Espera –indicó–, no vas a ir solo, yo te acompañaré.

–Pero tú...

–Sí –insistió–, yo también siento mucha rabia con el caso de Cortavientos.

Buscó entre sus cosas un rotulador, sacó una hoja en blanco y escribió: «Papá, mamá: no os preocupéis por Rafael y por mí, ya os llamaremos a mediodía para explicaros adónde vamos. Besos: Antonio». Y colocó la nota en un lugar muy visible.

Entraron al establo, colocaron una correa en el cuello de Cortavientos y salieron sin el menor problema. Se adentraron por el camino vecinal que les acortaría el camino para llegar a la cabaña de altura.

Ya llevaban recorridos varios kilómetros cuando empezó a amanecer.

Estaban a finales de junio, el campo lucía vaporoso y húmedo de rocío. Era una fragancia que se arrancaba de los verdes pastos y de los árboles, y les enviaba como una caricia que invitaba a aspirar con fuerza, sintiendo que la vida se les renovaba.

Sería un día de pleno sol, pero con esa brisa fresca que llegaba desde la montaña y que cuando había que caminar, casi campo a través, se agradecía.

–¿Qué llevas en la mochila? –quiso saber Antonio.

–Bocadillos, agua, frutas y un tirachinas.

Le miró y sonrió.

–Siempre he pensado que eres un chico que llegará lejos –dijo.

Le sorprendió que Antonio le halagara, él siempre tan suyo y tan «cibernético».

–¿Porque me gusta viajar? –le preguntó.

–No, chaval, porque eres precavido.

Y entonces se puso a silbar, y Rafael también lo hizo y les pareció que el camino se hacía menos pesado.

Natalia descubrió la nota de Antonio y con ella en la mano fue corriendo a ver a sus padres.

–¿Crees que los chicos se habrán fugado? –tembló la señora de la casa.

–No –respondió el padre sin perder la calma.

–Pero es que no pueden irse así como así, sin despedirse, sin ni siquiera tomar el desayuno, sin decirnos adónde se dirigen. Podría pasarles cualquier cosa a ellos dos solos.

–No están solos.

–¿Hay alguien más?

–Sí. Se han llevado a Cortavientos.

–¿Se han vuelto locos?

–No. Los pobres están tratando de salvar al caballo.

–¿Y cómo lo sabes?

–¿Para qué otra cosa se llevarían a un caballo sin decir adónde se dirigen?

–No lo sé, pero me da miedo que les pueda suceder algo.

–¿Qué les podría pasar? Antonio es todo un hombre y Rafael es muy espabilado.

–¿Y tú te vas a quedar así, tan pancho, sin hacer nada por ellos?

–¿Y qué podría hacer? ¿Coger el cuatro por cuatro y salir a buscarlos?

–Sí. Debes hacerlo.

El padre se tumbó en su sillón, cruzó las manos y dijo:

–No iré de ningún modo a buscarlos. Saben cuidarse y han dicho que nos llamarán pronto. No iré.

–Pero con esa actitud les obligas a correr un riesgo innecesario.

–No. Si han tomado una decisión sin consultarnos, que ellos afronten las consecuencias.

Lo que hizo la madre fue gimotear y encerrarse en su cuarto.

Por su cuenta, Natalia corrió a buscar a Manolita y se encontró con ella a medio camino, ya que también venía a curiosear por la casa. La hermana del chico le preguntó si estaba enterada de la fuga.

Manolita le respondió que sí, pero que de ninguna manera pensaba chivarse porque se lo había prometido a Rafael. Por el contrario, quiso saber si su padre iba a tomar cartas en el asunto.

–No, ha dicho que no se meterá

–Gracias –dijo su amiga, y se fue corriendo a su casa, dejando más desorientada a Natalia, que a su vez no paró hasta encontrar a su padre.

–Manolita está al corriente de la fuga, pero dice que no dirá una palabra.

La madre, que también se acercó a enterarse, dijo:

–¡Le obligaremos a que declare!

–Dejadla –ordenó el padre, sin alterarse–. No la obliguemos a incumplir su promesa.

Natalia se quedó más intrigada todavía.

En ese momento se inició la segunda parte del plan, que había quedado en manos de su amiga.

Bueno, más bien en las manos de Fina, la tía de Manolita, la que vivía en su casa y era la especialista de la comarca en hornear bollos, tartas y pasteles que eran una auténtica delicia.

Las dos se dirigieron a toda prisa al garaje de su casa y montaron en el 4×4. Fina lo puso en marcha y salieron con rumbo desconocido. Se metieron por la carretera comarcal con la mayor velocidad que les permitía la vía poco transitada.

Una hora después, divisaron a dos chicos que montaban, cuesta arriba, e hicieron sonar el claxon varias veces con júbilo.

–Nos persiguen –reaccionó Antonio al ver que la camioneta, al parecer, trataba de comunicarse con ellos.

Rafael se volvió angustiado, y en el acto reconoció a la tía de Manolita.

–Tranquilo –le dijo a su hermano–, vienen en nuestra ayuda.

–¿Qué?

–Nos echarán una mano con Cortavientos –le explicó.

Antonio se le quedó mirando, incrédulo.

–Ya te dije que llegarás muy lejos porque eres precavido.

–Es parte del plan definitivo –le dijo orgulloso.

–Vaya, vaya, toda una operación de fuga –reconoció, y le palmeó la espalda con cariño–, y claro, ¿qué mejor compinches que Manolita... y su tía?

Llegaron las dos, alborozadas como dos niñas en un juego arriesgado, se saludaron y en menos de lo que canta un gallo subieron a Cortavientos al remolque de la camioneta.

Poco antes del mediodía habían alcanzado la cabaña de altura y desde allí, por iniciativa propia, Antonio telefoneó a su padre.

–Sí, soy yo –respondió él como quien no sabía nada.

–Soy Antonio, papá –habló levemente nervioso–. Estoy con Rafael en la cabaña de la montaña.

–¡Vaya paseíllo! –dijo su padre–. ¿Y cómo habéis llegado tan rápido? –continuó sin la menor recriminación, cosa que pareció sorprender todavía más a su hermano.

–Pues nos ayudaron –respondió Antonio.

–¿Y ahora qué vais a hacer? –cuestionó.

–Subiremos al monte del lago y dejaremos a Cortavientos por allí, para que se una a los caballos cerriles.

Hubo un silencio breve pero profundo, como si su padre lo pensara, y finalmente un resoplido de quien consigue algo.

–Bien, que la suerte os acompañe, y volved en cuanto podáis –dijo, y cortó dejando a su hermano sin saber qué decir.

–¿Está enfadado? –le preguntó Rafael con temor.

–No. Al contrario, nos deseó suerte y que volvamos pronto.

Con el 4×4 subieron un buen trecho todavía, hasta que, al cabo, el camino se angostó y no hubo más remedio que bajar a Cortavientos.

–Vosotras os quedáis en la camioneta, subiremos hasta media cuesta –les dijo a Manolita y a Fina, y señaló unas malezas–, hasta esos arbustos de allí arriba. En ese lugar vimos con mi padre a los caballos cerriles.

–No –dijo su amiga–, yo voy con vosotros.

–Y yo –se apuntó la tía Fina.

–Pero os vais a cansar –comentó Antonio.

–Me paso el día caminando –aseguró la tía Fina.

–Yo no tanto, pero sé caminar –Manolita se dio cuenta de que había metido la pata y añadió–: Bueno, desde que tenía un año.

Se rieron todos.

–Bien –asintió Antonio–, pero no perdamos tiempo.

Y la verdad fue que entre todos, comentando lo bello que se veía el paisaje y con ganas de llegar cuanto antes a su destino, arribaron hasta los matorrales sin mayores contratiempos.

Entonces ocurrió algo maravilloso. Como si desde siempre le fueran familiares esos parajes, Cortavientos levantó la cabeza y relinchó, pero no con un grito de tristeza, ni mucho menos. Los miró mansamente, sacudió las orejas y se puso a olisquear el suelo y los matorrales.

–Hay que soltarlo –sugirió la tía Fina.

Le quitaron la correa y él siguió oliendo el campo y caminando hasta la breve cuesta que subía a la cima.

–Ha llegado el momento de dejarlo –dijo de nuevo la tía Fina.

Manolita miró al chico con una súbita melancolía, se le notaba en sus ojillos entrecerrados y brillantes. Y Rafael también sintió que una pena honda, nacida del centro mismo del corazón, crecía en su pecho. Se aproximó a Cortavientos, lo abrazó con cuanto podían alcanzar sus brazos y le besó en los flancos.

La chica hizo lo mismo, y Antonio se acercó también y lo palmeó con cariño. Tía Fina también se despidió.

Cortavientos caminó unos pasos y volvió la cabeza para mirarlos.

Rafael no lo dijo, pero fue un momento mágico. Tal vez fue su imaginación, pero también le pudo ver sus ojazos negros húmedos, como si fuera a llorar. Relinchó otra vez, olisqueó la hierba alta y siguió caminando como si supiera adónde iba.

Y ellos, como impulsados por un mismo pensamiento, le dijeron adiós con las palmas levantadas.

Manolita le cogió la mano, como si quisiera hacerle sentir más su solidaridad, y Rafael, aunque nunca se lo dijo, sintió que una manifestación de cariño y amistad expresada en el momento oportuno era el mayor tesoro del mundo.

El caballo continuó pasito a paso, muy lentamente, descubriendo un sendero invisible.

–Pobre, ¿no se perderá en el camino? –preguntó Manolita.

–No –dijo Antonio–. Cortavientos ha reconocido el olor de sus hermanos y lo está siguiendo con toda seguridad.

–¿Olor? –le preguntó Rafael.

–Todos los animales marcan su territorio y ellos lo reconocen y lo respetan –explicó Antonio.

Y permanecieron varios minutos más, viendo cómo se alejaba. Mansamente, lánguidamente, pero se iba.

–Chicos, es hora de irnos –dijo la tía Fina.

Y entonces Rafael comprendió que Cortavientos había encontrado su camino, por desconocido que fuera para él, y una radiante alegría invadió su cuerpo y les dijo casi gritando:

–¡Lo hemos salvado!

Y se abrazaron todos, como los forofos de un equipo que acaba de meter un gol.

Epílogo

Algunos días en los que las nubes gordas y redondas se arremolinaban en torno a la montaña, pensaba en Cortavientos. Se imaginaba, entre los nimbos de algodón, las formas de un airoso caballo que descendía, muy tranquilo, desde la cumbre –nevada, porque estaban en invierno– y creía descubrir la silueta de su amigo que se aproximaba.

Y de pronto se detenía y le parecía verlo, entre un grupo de caballos cerreriles que pastaban, mansamente, allá en los prados azules del cielo. No lo sabía.

Pasaron con rapidez los días y los meses, y el recuerdo de Cortavientos estaba siempre vívido en su mente.

Manolita también le había dicho que, alguna vez, veía un bellísimo caballo en la lejanía de la montaña.

En vez de comentar con nostalgia su amistad y su recuerdo, lo hacían con alegría y felicidad.

Cortavientos estaría allí, entre el cielo, la nieve y la montaña. Lo mismo hasta ya había encontrado una compañera y habían tenido potrillos, y quién sabe si de vez en cuando recordaría con cariño y añoranza los prados de su niñez y juventud.

Aquí abajo, en la tierra, los periódicos y las televisiones no cesaban de asustar a la gente con historias de pestes equinas, fiebres porcinas, vacas medio locas y altas temperaturas de los pollos. Decían que habría tela para mucho rato.

Ah, y una última cosa. Su amiga Marinela escribió tres o cuatro veces por e-mail, y Antonio, ni corto ni perezoso, le pidió una foto y ella se la mandó a toda pantalla. La chica de los ojos zarcos dijo que vendría a España para el verano, y su hermano andaba nervioso y preguntándole cosas sobre ella... Eso sí, con mucha discreción.

Madrid, primavera de 2004

Índice

1. De Rayo a Cortavientos 7
2. El niño León.. 15
3. Los lobos y el León asustado 26
4. La flor más bella de la sabana................................. 41
5. Dos años después… 56
6. Salvar a un condenado 68
7. La cabra tira al monte 79
8. ¿Está la salvación al otro lado del mar?................ 94
9. No hay plazo que no se cumpla 104
10. El camino del adiós..111
Epílogo..122

TE CUENTO QUE A CARLOS VILLANES CAIRO...

...*le encantan los aviones. De hecho, ingresó en la Academia del Aire de su Perú natal, pero un infausto primero de enero de hace cuarenta años, se accidentó y estuvo a punto de perder un ojo. Sin embargo, aquello no ha sido un impedimento para que Carlos haya volado en todo tipo de aeroplanos y de helicópteros, incluido aquel con el que sobrevoló la selva peruana. Quizá a Carlos la pasión por volar le llegó a lomos de su propio «Cortavientos», un caballo que dominaba el llamado «trote peruano», que es un paso muy fino que lleva al jinete como si flotara en el aire. Además de a su caballo –con el que hizo alguna que otra travesura–, de su infancia recuerda la voz emocionada de su madre, quien le enseñó a leer, a cantar y a contar. Precisamente, cuando se propone contar una historia, su mayor motivación es que esta no se quede en el fondo del tintero. Por eso la persigue, la investiga y la trabaja con el ordenador, y no descansa hasta verla publicada, momento en el que puede compartirla con sus amigos. Por cierto, si un día te encuentras con él por la calle y te apetece invitarle a comer, no olvides llevarle a un restaurante donde sirvan un buen pescado, ya que es su comida favorita.*

Carlos Villanes Cairo nació en Perú. Aunque su intención inicial era pasar dos años en España, lo cierto es que lleva más de dos décadas viviendo en este país, desde 1984. Es doctor en Literatura y en Filología Hispánica. Actualmente, compagina su plena dedicación al mundo de la creación literaria con el periodismo cultural.

¿QUIERES LEER MÁS?

HAY LIBROS QUE, COMO **CORTAVIENTOS**, ESTÁN PROTAGONIZADOS POR CABALLOS MUY ESPECIALES. TAL ES EL CASO DE **DANKO, EL CABALLO QUE CONOCÍA LAS ESTRELLAS**, la historia de un potro con más fuerza que cuatro caballos juntos y capaz de guiarse con el firmamento y entender el lenguaje de los humanos.

DANKO, EL CABALLO QUE CONOCÍA LAS ESTRELLAS
José Antonio Panero
EL BARCO DE VAPOR, SERIE NARANJA, N.º 52

PERO CORTAVIENTOS Y DANKO NO SON LOS ÚNICOS CABALLOS QUE CORREN POR LAS PÁGINAS DE EL BARCO DE VAPOR. También está Greco, la yegua que David recibe como parte de una herencia y que, en un principio, intentará vender. Descubre qué pasa con Greco y con David en **¡SOCORRO, TENGO UN CABALLO!**

¡SOCORRO, TENGO UN CABALLO!
Christian Bieniek
EL BARCO DE VAPOR, SERIE NARANJA, N.º 130

SI TIENES GANAS DE LEER MÁS LIBROS EN LOS QUE LOS CABALLOS TIENEN UN PAPEL DESTACADO, NO TE PIERDAS **EL REGALO DE LA ABUELA SARA.** Una historia en la que la abuela del título, tras ver en un sueño su propia muerte, decide regalarle a su nieta su yegua Sara II.

EL REGALO DE LA ABUELA SARA
Ghazi Abdel-Qadir
EL BARCO DE VAPOR, SERIE NARANJA, N.º 145

NO ES UN CABALLO, PERO NO IMPORTA, PORQUE EL BORRICO CALCETÍN NO ES UN ANIMAL AL USO. Él solo se bastará para poner patas arriba el tranquilo convento salmantino en el que vive fray Perico. Si eres de los pocos que todavía no han leído **FRAY PERICO Y SU BORRICO**, no pierdas más tiempo, porque esta divertida historia te enganchará desde la primera página.

FRAY PERICO Y SU BORRICO
Juan Muñoz Martín
EL BARCO DE VAPOR, SERIE NARANJA
(COLECCIÓN PROPIA), N.º 1